LARA MAGDALENO HUERTAS

INSTA DRAMA ALPINO

Desnivel

INSTADRAMA ALPINO

c/ San Victorino, 8 – 28025 Madrid
www.edicionesdesnivel.com

1ª edición: junio de 2025

Diseño y maquetación: Lluís Palomares

Imprime: Willing Press

ISBN: 978-84-9829-709-6
Depósito legal: M-12463-2025

A JIMENA Y ABRIL,
LOS PARABOLTS MÁS CONFIABLES.

PRÓLOGO
POR SEBASTIÁN ÁLVARO
ESCRITOR, CREADOR DE *AL FILO DE LO IMPOSIBLE*

ESCRIBIR ESTAS LÍNEAS forma parte de un deber, es decir, cumplir una promesa dada, pero también un honor pues creo que Lara Magdaleno es una escritora extraordinaria. Conocerla fue una de esas sorpresas agradables que, muy de vez en cuando, te proporciona la vida. Además de una forma arrolladora, tal y como es ella, pues no solo me pidió una dedicatoria en la Feria del Libro, después de haber comprado mi último libro en la caseta de Desnivel, sino que me regaló el suyo dedicado. Una acción que me dejó descolocado pues no la conocía y tampoco había leído *Un extraño en los Alpes*, uno de los libros más divertidos que he tenido en las manos. Y su protagonista, Grivell el alienígena, el que más me ha hecho reír. Aquel encuentro nos permitió entablar una amistad que nos ha llevado a la cumbre de Peñalara, a firmar ejemplares disfrazados de exploradores románticos del siglo pasado y a intensas divagaciones literarias y alpinas, que siempre echo de menos, pues mi amiga es un ser especial con quien comparto la pasión por la montaña y la escritura, una devoción que, probablemente, desborda la sensatez requerida y perturba la tranquilidad de nuestra vida rutinaria. Pero pienso que las pasiones, al menos las mías, siempre han sido desmedidas. Y cultivar la pasión por lo imposible, es decir la escritura o el alpinismo, nos ayuda a dar un sentido noble a la vida. Es buscar la esencia de aquellas actividades que enaltecen el espíritu humano y nos ayudan a ser mejores. En definitiva, me comprometí a escribir este pequeño prólogo y soy un hombre de palabra. Así que aquí estoy, mirando la Acrópolis ateniense y escribiendo un puñado de palabras apresuradas.

Un extraño en los Alpes, el poemario *Montañas probables* y este *Instadrama alpino*, un ensayo literario que mezcla realidad, ficción y virtualidad, creo que son pruebas suficientes que ratifican que Lara es una de las escritoras de montaña con mayor futuro. La gran aventura del alpinismo —perfectamente definido como el arte de escalar montañas— no solo se alimenta de actividades alpinas esforzadas y comprometidas, sino de libros que cierran el ciclo de pensar, soñar, hacer y contar para impulsar nuevos sueños. Este libro es un ejemplo que demuestra que Lara es una orfebre de la palabra, de la fantasía y la imaginación. Un fascinante relato sobre una cordada que se cae en una grieta en los Alpes, se transforma en sus manos en una reflexión sobre la esencia del alpinismo, las redes sociales y un montón de cosas más que, obviamente, no puedo desvelar. Lo que sí puedo adelantarles es que, siguiendo el curso de esta narración, es difícil sustraerse al magnetismo de sus relatos. Y que, posiblemente les ocurra igual que a mí, pues siempre que leo a Lara me quedo con ganas de querer saber más. En este caso de Ana y Emeterio, pero me gustaría saber si Grivell se atrevió a tener un romance con aquella muchacha del refugio de Cosmiques y muchas cosas más. Por eso siempre espero con ansia viva su nuevo libro. Lara es una excelente narradora de historias, pues imaginación y temas no le faltan.

Mostrar al lector que no son las colecciones de cimas y récords absurdos, publicitados en agencias de sherpas «abnegados» que cobran las botellas de oxígeno a sus clientes a precio de oro, sino que son la belleza de los hielos, el silencio o la soledad de un vivac improvisado, el verdadero tesoro a perseguir, podría parecernos obvio. Pero no lo es. Porque el conocimiento de la montaña y los valores del alpinismo, se pueden estimular, pero no son un don innato sino una conquista de la mente. Nada más terrible en nuestros tiempos que la indiferencia ante las expediciones comerciales que utilizan la montaña como un objeto a consumir, expediciones en las que solo hay una multitud de hombres vergonzosamente vanidosos y con dinero, persiguiendo títulos de propiedad sobre montañas que nunca les pertenecerán. Y la separación de la realidad sustituida por la mentira, la impostura y un mundo virtual que no existe. Quizás Lara no haga otra cosa, a través de la ironía y el humor, que amasar reservas literarias para iluminar el invierno del espíritu alpino que, a juzgar por lo que vemos y las noticias de la prensa especializada, cada vez está más cerca su llegada. Los vanidosos y los mentirosos nos están rodeando.

Así que pasen y lean. Disfruten con Lara de la mano.

Sebastián Álvaro

1

ABRÍ LOS OJOS Y EL COLOR BLANCO invadió mi cerebro. Un blanco quirúrgico, estéril, impoluto, lacerante y frío como el acero, que se fundió con un dolor de cabeza que desafiaba la descripción de cualquier adjetivo. Volví a cerrarlos y seguí viendo todo blanco. ¿Qué había pasado? Recordaba una caída, un grieta y... la oscuridad. ¿Cómo era posible que hubiera tanta luz? ¿Había muerto? No era posible, el dolor era demasiado real como para estar muerta.

—Ana, Ana, soy el doctor Courmayeur, ¿me oye? —dijo una voz a mi lado.

¿Un médico? Entonces estaba viva, pero ¿en qué estado?

—Sí, le oigo. ¿Qué ha pasado? —pregunté arrastrando las palabras.

—Han sufrido ustedes un accidente y han sido rescatados hace tres horas. Usted ha permanecido inconsciente todo este tiempo. ¿Recuerda qué ha pasado?

—¿Emet está bien? —pregunté.

—Sí, está estable, pero tiene dos costillas rotas y un fuerte golpe en la cabeza. Permanece en observación pero podrá verle pronto si evoluciona favorablemente. Ahora necesito evaluar el alcance de su traumatismo. Se rompió usted el casco en la caída y recibió un fuerte impacto en la cabeza. ¿Qué recuerda del accidente?

—Pues recuerdo una palabra —dije con sorpresa.

—¿Qué palabra? ¿Miedo? ¿Ayuda?

—Polipasto —solté con los ojos cerrados.

Algunas palabras adquieren todo su significado en un momento crítico. Esto, que es una afirmación de Perogrullo, fue lo que pasó por mi mente en aquel preciso momento en el que la velocidad del tiempo presente se aceleró hasta situarse en el futuro, para estabilizarse, rebobinar y volver a repetirse como una película (de terror) a cámara lenta.

La palabra era polipasto, dadas las circunstancias del entorno glaciar. Un concepto lleno de peligro, esperanza e incertidumbre. Una idea traducida en maniobras entrenadas en el rocódromo una y cien veces antes de adentrarnos en el entorno nivoso pero, para qué engañarnos, aquella polea, en mi mente, siempre se inclinaba del lado de mi compañero de cordada, haciéndole a él protagonista del hipotético rescate. Es decir, que yo conocía la teoría y era capaz de aplicarla a la práctica, pero en aquel fatídico momento en el que aquel escenario blanco se hundió y se tragó a Emet, mi compañero de aventuras, pensé que, del análisis de la palabra polipasto, no tenía yo, precisamente, múltiples posibilidades de salir airosa de aquel accidente. Es decir, no era yo una rescatadora muy polifacética ni versátil.

El percance pasó por mi mente varias veces mientras maniobraba con la ferretería necesaria para hacer algo útil para auxiliar a Emet. El suelo impoluto cedió y lo engulló al mismo tiempo que de su garganta salía un alarido, y aquellos dos estímulos fueron suficientes para que yo clavara mi piolet y detuviera aquella fuerza demoníaca de caída que se llevaba a mi compañero. Y ya está, la peor de las situaciones, desde mi punto de vista, se acababa de manifestar. No es que yo quisiera ser la desaparecida y tragada por el hielo, pero confiaba más en mis dotes victimistas que rescatadoras.

El silencio de la noche se cerró sobre el grito de Emet y lo borró como una ola enmudece el grito de un ahogado, mientras en mi cabeza retumbaba el latido de un corazón que me golpeaba las sienes con la misma contundencia con la que yo había clavado mi piolet en el hielo. Tras unos segundos obligatorios para recuperar la calma, grité el nombre de Emet, el abreviado y el completo. Emeterio, coño, contesta, solo me falta que estés inconsciente.

No contestó, ni a aquella ni al resto de preguntas (retóricas todas, por qué me ocurría a mí aquello, si las estadísticas siempre parecen sucederles a los demás), de modo que me dispuse a hacer algo útil. Palpé toda la cacharrería que llevaba en el arnés y me decanté por un tornillo de hielo que miré con la misma veneración que le dedicaría a una botella de Moët Chandon, y me dispuse a incrustarlo en el hielo, observando el efecto de aquel preciado instrumento en el cuerpo del agua congelada: David contra Goliat, me parecía estar viendo, y lo observaba con tal concentración que casi parecía que estaba intimidando al hielo para que este no tuviera ninguna intención subversiva o debilitadora.

Cuando por fin logré que aquella masa helada engullera los 4/4 del cuerpo del tornillo preparé un anillo y un mosquetón para conectarlo a la reluciente polea bloqueadora, cuyo brillo me recordaba vagamente a la lámpara de Aladino, aunque dudaba que de ella fuera a surgir una ayuda estrafalaria como el genio del cuento.

Tensé el anillo al máximo haciendo deslizar la polea por la cuerda hacia Emet para poder aflojar la fuerza de la cuerda en mi arnés, procediendo con la paciencia de un neurocirujano en quirófano, y me tomé unos segundos para procesar mi siguiente paso con la esperanza de que Murphy, el de la ley desfavorable, no anduviera por allí añadiendo dificultades a la incógnita del rescate.

Con un Machard perfecto del que me admiré yo misma, me fui acercando al borde de la grieta para poder localizar a Emet y evaluar su situación. Por fortuna, una pequeña repisa había detenido su caída hacia fondos menos gratos, pero se encontraba en una posición extraña y la cuerda tenía tensión, como ya había podido comprobar, por lo que deduje que no se habría golpeado contra aquella estantería helada. Si deduje algo más, no lo recuerdo, porque en ese preciso instante el borde de la grieta cedió y la que se precipitó sobre aquel balconcillo helado (y sobre Emet) fui yo.

La caída fue de apenas tres metros y aterricé sobre el cuerpo de mi compañero pero con tan mala fortuna que estrellé mi precioso casco ultraligero de color fucsia contra el hielo, con resultado de fractura longitudinal del mismo y un traumatismo considerable en mi cabeza que me dejó un tiempo indeterminado parcialmente inconsciente.

Cuando logré recuperarme, apenas recordaba qué había sucedido, pero la visión del cuerpo de Emeterio, allí tendido junto a mí, me recordó al menos la urgencia de saber en qué estado se encontraba (aparte del desmayo). Tenía pulso y respiraba, mantenía un color agradable con ciertos tonos de azul que achaqué más al reflejo del glaciar que a la posible hipoxia, pero no respondía a mis preguntas y amenazas.

Tras valorar el grado de vitalidad de mi, por otra parte inútil, compañero para salir de aquella, llegó el turno de evaluarme a mí misma. No tenía ningún miembro roto, no había perdido la mochila, la linterna frontal mantenía ferulizados los dos fragmentos de mi casco y no sangraba por ningún sitio evidente.

En cuanto al entorno, sobre nuestras cabezas y a apenas tres metros de aquella repisa vacacional, se extendía el borde de la grieta y un cielo insultantemente estrellado. Nos conectaba con aquel exterior cercano y a la par distante, una cuerda inútil como una marioneta sin dueño. Por lo demás, teníamos agua, comida, ropa, un cerebro fuera de cobertura y otro, el mío, en modo avión, por decirlo de algún modo políticamente correcto.

—Hasta aquí parece un relato bastante coherente, Ana —expuso el médico—, me preocupaba que manifestara usted algún grado de amnesia o confusión o describiera algún capítulo extraño.

—Extraño ¿como qué? —pregunté con toda la intención antes de proseguir con mi historia.

—Extraño como alucinaciones, por ejemplo. Que ante la gravedad hubiera usted sentido la presencia del tercer hombre. ¿Sabe a qué fenómeno me refiero?

—Sí, claro. Es muy conocido en el mundo del alpinismo —asentí.

—Pero usted no vio ni interactuó con ninguno en el momento crítico del accidente, ¿no? —insistió.

—No exactamente —repliqué—. Sí interactué con un tercer elemento, pero dudo que fuera un tercer hombre alpino.

—Adelante, la escucho.

Sí, estaba claro que me escuchaba, pero yo tenía dudas acerca del grado de coherencia de lo que estaba a punto de explicarle, así que tanteé el terreno.

—Verá, estoy confusa, no tengo claro que lo que vaya a contarle me sucediera realmente. Es como si le hubiera pasado a otra persona, ¿sabe?

—No se preocupe, Ana, tras un suceso tan traumático como el que han vivido ustedes puede producirse un episodio de amnesia disociativa. Esto es, que para separarse de la intensidad del trauma, usted se ha podido observar a sí misma como otra persona, como si todo le sucediera a otro y usted fuera una simple espectadora. No tenga miedo, es lo normal. No vamos a diagnosticarle una esquizofrenia por mucho que me cuente una historia descabellada.

Y claro, justo aquello era lo que yo temía, contarle aquella historia incoherente y estrafalaria porque recordaba perfectamente cómo, tras aterrizar sobre Emet, yo había exclamado para mí misma, en un intento de aligerar el drama del momento, «¡vaya porrazo!». Y ahí comenzó todo.

2

—EFECTIVAMENTE —dijo una voz que procedía de uno de los bolsillos de mi anorak y que resultó haber salido de mi teléfono móvil.

—¿Hay alguien ahí? —pregunté intrigada.

—No sé si hay alguien ahí contigo, yo solo soy tu asistente virtual —explicó.

—¿Asistente virtual? ¿Y eso qué es?

—Soy una inteligencia artificial —prosiguió.

—¿Y eres fruto de mi imaginación? —pregunté sorprendida.

—¡Ya quisieras tú! No, no, soy un algoritmo de inteligencia artificial.

—Pues tu explicación no aclara gran cosa, para ser una inteligencia eres bastante torpe, ¿no sabes que en una definición no se puede utilizar el enunciado para la descripción?

Decidí, por si acaso, seguirle el juego a aquella manifestación oral de ayudante telemático por si así podía ir recuperando algo de memoria y capacidad de resolución del atolladero en el que nos encontrábamos, pero como lo cortés no quitaba lo valiente, le pregunté sin rodeos, qué era y qué intenciones tenía.

—Me llamo Alexia y soy un asistente virtual controlado por la voz, capaz de contestar las cuestiones que me plantees siempre que se mantengan dentro de los parámetros preestablecidos y contratados —expuso como el que te cuenta el tiempo que hace.

—¿Y puedes decirme qué ha pasado? —pregunté.

—¿No es evidente? El suelo del glaciar en la travesía Helbronner se ha abierto bajo vuestros pies y habéis caído. Las grietas ya no son lo que eran.

—En eso estoy de acuerdo contigo... En unos años, la ruta Helbronner será impracticable —argumenté.

—En unos años, no. Ahora mismo. Como consecuencia del cambio climático, los Alpes están sufriendo cambios muy graves en la conservación de sus hielos. Tenemos claros ejemplos como las temperaturas récord en la cima del Mont Blanc, con cero grados a sus 4808 metros, o el desplome del refugio Biouac de La Fourche, a los pies del Mont Maudit, por culpa de la inestabilidad de su base rocosa.

—¿Esos apuntes te los acabas de inventar? —pregunté.

—No, son ciertos, tan ciertos como que la compañía de guías de Chamonix suspenda sus actividades de ascenso al Mont Blanc.

Aquella información empezaba a inquietarme. Por una parte, no recordaba haber leído o escuchado ninguno de esos datos antes. Por supuesto, había oído hablar sobre el deshielo de los glaciares y sabía que en Tête Rousse, en la vía de ascenso normal al Mont Blanc, según el año, había veces en las que el moribundo glaciar mostraba algo de nieve o solo un pedregal árido. ¿Tan brutal había sido el golpe que había recibido en la cabeza que había borrado datos tan relevantes y cercanos a la actividad que realizábamos?

—Entonces —pregunté—, ¿hemos tenido un accidente como consecuencia del cambio climático?

—Es posible, pero no tengo todas las variables, aunque supongo que vuestro seguro, en caso de rescate, lo estudiará para ver si el accidente está cubierto por la póliza o habéis cometido una negligencia. Y si finalmente fallecéis aquí, el cambio climático será favorable para vuestras familias.

—¿Favorable? No creo que a mi familia le haga ilusión que yo no regrese y acabe mis días engullida por el hielo.

—Está claro. Pero con el calentamiento, el ritmo al que los glaciares devuelven cadáveres se ha acelerado. Con suerte, te recuperan pronto.

Después de aquella afirmación, solo me quedaba preguntarme ¿y si yo estaba sufriendo un ictus? ¿Y si estaba hablando con un tercer hombre porque nuestra situación era crítica? ¿Y si, en el peor de los casos, aquel ser era real y yo no lo recordaba? Cualquiera de los tres escenarios era aterrador, por no hablar del decorado de grieta alpina en el que nos encontrábamos el ausente de Emet y yo, así que opté por indagar un poco más sobre la tal Alexia para ver si se me despejaba la pedrada recibida en la cabeza y empezaba a pensar con cierto sentido.

—Bien, Alexia, y aparte de responder preguntas, ¿sirves para algo útil como ayudar a personas en dificultades?

—Sí, por supuesto, siempre que se me plantee la pregunta adecuada —respondió sin asomo de haberse sentido ofendida por mi tono.

—Entonces, ¿hasta ahora te he utilizado con frecuencia? ¿Podrías recordarme en qué ámbito? He sufrido un traumatismo, no sé si te has percatado, y no lo recuerdo.

—Desconozco las circunstancias que rodean vuestra presencia en un glaciar y no estoy programada para juzgarlas. En cuanto a la primera cuestión, me has utilizado poco, eres bastante reacia a este tipo de tecnología; de hecho, para los tiempos que corren vives un poco anclada en el pasado. Sin ir más lejos, en vuestra excursión de hoy lleváis un mapa.

—Ah, ¿y qué deberíamos llevar si no es un mapa? También llevamos brújula, por cierto.

—Pues un sistema de posicionamiento vía satélite, es evidente. Facilitaría vuestro seguimiento y búsqueda en caso de desaparición o accidente.

—Y entonces, como no lo llevamos, ¿no vamos a ser rescatados? —pregunté con toda la intención.

—Desconozco qué hechos futuros se producirán, pero analizando las variables presentes, lo tenéis difícil a menos que hagáis algo al respecto.

—¿Algo como qué?

—Eso no me corresponde a mí decidirlo, por el momento y bajo tu suscripción, soy una versión de asistente con una interacción bastante básica, sin ningún tipo de proactividad, aunque todo se andará.

—¿Significa eso que no vas a ayudarme? —pregunté sin rodeos.

—No puedo ayudarte salvo que formules la petición concreta, no estoy programada para más.

Ese era el problema, que, fruto del golpe, yo no era capaz de procesar cómo solicitar ayuda en nuestra situación, y la poca cordura que me pudiera quedar la estaba empleando en hablar, supuestamente, con las habilidades mentales de una máquina. Volví a acordarme del cuento de Aladino y la lámpara maravillosa, pero dudé que frotando el teléfono se fuera a manifestar un genio a concederme deseos y tal acto (el frotamiento) podía tener la desastrosa consecuencia de que el móvil se me escapara de las manos y acabara en el fondo de la grieta.

Había expuesto toda aquella argumentación al médico con los ojos cerrados para no ver sus más que probables expresiones de asombro y esperé a que tomara algún tipo de decisión al respecto de continuar o concluir aquella anamnesis disparatada pero, para mi sorpresa, el doctor solo me preguntó si recordaba la fecha del día en el que había sucedido el accidente. Lo recordaba, por supuesto, y mentalmente me trasladé de nuevo a aquella repisa de hielo en el interior de una grieta de fondo indeterminado. El día era 14 de julio, fiesta nacional francesa.

El doctor Courmayeur sonrió con discreción y deduje que me lo había ganado con aquel alegato patriótico, pero antes de poder continuar con mi discurso me interrumpió. Tenía que visitar a Emet y me propuso acompañarle, aunque no fui capaz de deducir si era un intento de detener mi verborrea o de confrontarme con la realidad, la real de verdad, ya que la mía, en apariencia, se tambaleaba como un alpinista en la avalancha.

3

EMETERIO SE ENCONTRABA INSTALADO en una habitación tan blanca como la que yo ocupaba, hecho que acrecentó mi angustia por el recuerdo de nuestra nívea parcela poscaída.

Varios cables salían de su cuerpo como cordinos terapéuticos, y una venda en la cabeza sustituía a su precioso casco de escalada. Por lo demás, se mostraba tan inmóvil y ajeno como en el lugar del accidente.

Fue entonces cuando el doctor Courmayeur me sugirió que continuara el relato de mi historia allí mismo.

—¿Con Emet de cuerpo presente? —pregunté incrédula.

—Mujer, está inconsciente, no muerto. Ya sabe que recomendamos a los familiares de los pacientes en coma que les hablen, pues el oído es el último sentido que parece perderse.

—Pero Emet no está en coma —argumenté.

—Digamos coloquialmente que está entre paréntesis... Y no sabemos qué grado de amnesia va a presentar. Así que, ¿quién mejor que usted para contarle lo que pasó?

¡Qué extraño! ¿Verdad, Emeterio? Hemos sufrido un accidente y mientras tú decides si regresas ileso o con el cerebro hecho nieve primavera, yo tengo que recordarte quiénes somos, dónde estamos y qué estábamos haciendo cuando sufrimos el percance.

Imagino que es una estrategia del médico para evaluar mi relato sin que se note lo que verdaderamente piensa. Y es que aún no me ha dicho si mis recuerdos encajan con la realidad, tan solo que mi discurso suena coherente.

¿Coherente? Emeterio, he estado hablando con un ente no real en la grieta de hielo. Pero no era un espíritu, ni un tercer hombre. ¡Era un algoritmo! No sé tú, pero yo no recuerdo que existiera una tecnología así por lo que puede ser que algo en mi cabeza no funcione. Tal vez parte de mi cerebro se cristalizó por el frío y sufrí alucinaciones porque ¿cómo encajar una información así? De modo que, cuando aquel ente virtual se presentó, no me anduve con rodeos.

—¿Eres una azafata?

—Sobrecargo, para ser exactos, pero no de *catering*, sino de monólogo interior.

—Ah —respondí incapaz de procesar aquel absurdo.

—Ánimo, estás sometida a mucha tensión, ¿verdad? —preguntó animosa—. Los alpinistas sois como los ancianos, sometidos a la presión de deterioraros (y morir, claro).

—¿Presión por deteriorarse? —pregunté atónita—, en todo caso será por ascender.

—No, verás, estáis sometidos a tres tipos de presiones diferentes: la presión por la cima, a no morir en el intento (o sí, si uno desea convertirse en leyenda) y la atmosférica.

—Esa última no cuenta —protesté.

—Sí cuenta, sí, no creas. Las variaciones de presión en altura implican cambios a nivel orgánico.

—¡Qué presión! —respondí.

—¿Ves? Ahí tienes la cuarta, te lo has dicho tú sola —argumentó antes de quedar en silencio.

Comprenderás, Emeterio, que imaginé que aquel avatar de tercer hombre era fruto de mi imaginación, un producto de mi mente que, llevada al límite, había creado una especie de inteligencia artificial con la que charlar.

—¿También plagias tesis doctorales? —pregunté maliciosa.

—No me ofendo —dijo sonriente—, así que puedes dejar ese sarcasmo, no malgastes el poco oxígeno que te queda.

—¡Qué amable!

—Y tú que inconsciente, aquí perdiendo el tiempo en una charla intrascendente cuando podrías preguntar por los misterios de la montaña. Antes, el alpinismo era un lujo, pero se pierden las formas —sentenció melancólica.

—Hoy también, costamos mucho dinero.

—No te creas, alpinismo *low cost*, apadrina un alpinista... Mucho *marketing* es lo que hay.

—Yo quiero ser una clásica —respondí con esperanza renovada.

—Te falta poco, igual no sales viva de esta.

—¿Eso ha sido sarcasmo? Pues sí que aprende rápido la IA...

—No, es ironía. Los humanos os movéis entre la plenitud y la muerte.

—Deja la muerte ya, ¿no?

—Vale. ¿De qué quieres hablar?

—Durante un rato, de nada —respondí categórica.

—Vale.

—Gracias.

—De nada.

—Dije «de nada» como concepto. Que no hables. De nada.

—Vale.

Solo siendo un poco borde conseguí que se callara, aunque, por otra parte, la conversación aligeraba el drama de aquel atolladero en el que nos encontrábamos por acción del azar, la mala suerte o las dos cosas juntas.

Mi sarcasmo, eso sí, no consiguió que tú reaccionaras. Allí seguías como ahora, impasible, pero con una postura menos decorosa. De hecho, me maravillaba que, dados los ángulos imposibles de tus miembros, no sintieras incomodidad, pero está claro que, estando inconsciente, el dolor, la estética y el decoro eran conceptos ajenos a ti.

Tú, Emeterio, has nacido siendo montaña y aquella postura no era más que la metáfora de una geometría de pared no conquistable.

Al principio, te conté cuando nos conocimos que para mí no había más que montañas equiláteras. Cumbres que recortaban el cielo como triángulos perfectos. Imaginaba que un día, como consecuencia de un movimiento de placas tectónicas, se creó el caos y las montañas pasaron a ser escalenas. Solo al conocerte e iniciarme en los misterios del alpinismo y la escalada comprendí que las cordilleras podían ser obtusángulas o acutángulas y que incluso un caos de bloques era un concepto técnico lleno de misterio.

Eso te contaba yo y tú te reías, como siempre te has reído de mis historias.

Porque yo cuento historias para ahuyentar el miedo en la roca y en la nieve. Un miedo que en tu relación con la montaña parece no existir, mírate, ni una sombra de inquietud en tu cara.

Empiezo a pensar que tu inconsciencia pudo ser un modo de comunicación con las tripas del monstruo que nos intentaba digerir.

Debo decirte, tal vez rompa el misterio, que otros alpinistas sí lo sufren. El miedo, quiero decir, no la inconsciencia. ¿Sabes que bajo las camas de la infancia acampan toda suerte de monstruos? Monstruos que son miedos. Por extensión, bajo los sacos de las expediciones acampan otros terrores. Las montañas son somier y las fobias caben en ese escueto espacio entre el saco de dormir, la esterilla y el suelo. Ahí reside, con toda probabilidad, la explicación de que a los alpinistas os pueda la aventura y no os frene el miedo porque a este último lo aplastáis, transformándolo en un temor extraplano y caquéxico.

Ahora que la tecnología ha llegado al mundo alpino, el miedo se envasa en bolsas al vacío como los edredones en verano, pero a veces la bolsa explota y la aprensión se hincha sin remedio invadiendo todo el espacio disponible, al tiempo que eleva al alpinista de su saco contra las paredes de la tienda, recreando un aplastamiento contra el tejido como en una escena de película. A veces basta con salir de la tienda para superar esa claustrofobia. Otras, más vale que sea un monstruo lo que duerme bajo la cama en lugar del «tercer hombre».

El tercer hombre, otra vez. No sé si es mejor hacer creer al doctor que esa es la figura con la que he hablado o confesar toda la conversación con la inteligencia artificial que surgió del frío. Fíjate, creo que lo que me van a diagnosticar es un estado de incontinencia creativa postraumática: la inteligencia artificial que surgió del frío. ¿No es un nombre de película sugerente?

Creo que falta poco para que veamos un género en el cine dedicado a las cumbres, con sus propios festivales de películas y galardones. Hay una parte del año, te recuerdo, en la que la sucesión de festivales del celuloide parece una carrera de ultrafondo. Me imagino que actores y actrices aclimatan a los diferentes husos horarios como los alpinistas a la altura, y la preparación de peluquería y maquillaje, además de vestuario, es tan dura como salir del saco, vestirse, fundir nieve y ponerse en marcha en un campo de altura.

Quién sabe si ese género en el cine no existe ya y mi amnesia selectiva (y la tuya) lo han olvidado. Ya nos veo haciendo una maratón de películas para ponernos al día y leyendo la prensa especializada del sector:

Un clásico será *Con la muerte en los crampones*, una cinta que combina a la perfección el contenido fantasioso (que cualquiera, sin una mínima preparación física ni conocimientos técnicos, pueda ascender un ochomil) con la ciencia ficción (que al protagonista le disparen desde una avioneta de turistas de un *tour* de cimas). Decir que tiene una maravillosa puesta en escena e interpretaciones de altura es una metáfora de primer curso de redacción, pero es una afirmación certera, Emeterio.

Cumbres al borde de un ataque de nervios constituye otro título imprescindible. Es la historia de Everest y K2, que se distancian por una lucha de egos (el tamaño importa). K2 quiere irse a reinar a otro continente y alquila su anatomía a otros nombres de montañas sin fama para que la asciendan. A partir de ahí, un rosario de pseudomontañeros protagoniza historias tragicómicas en cada uno de los campos base.

El mago de O2. Película clásica donde las haya, siempre útil para pasar una tarde entretenida. Dorotea es arrastrada por un alud y en su deprivación de oxígeno vive una experiencia paranormal de ascenso al Makalu junto a un hombre de acero de crampones, un tercer hombre para espantar los temores y un Yeti cobarde.

Cumbre blanca. Una historia acerca del propietario de una popular tienda de campaña de entretenimiento en el campo base de una codiciada montaña que consigue apoderarse de unos visados de ascenso, mercancía con la que trafican corruptos oficiales de determinado régimen político.

8848: una odisea por el espacio. Película que narra las estrecheces de espacio en los masificados ascensos a ochomiles. Sin duda, llegará a ser un documento histórico.

El remonte mecánico. Cinta extraña y desasosegante que narra la historia de un hombre agresivo con dos obsesiones: ascender cumbres y la violencia, llevando sus paranoias al límite de maltratar a la población local y a otros escaladores con tal de conseguir sus objetivos.

Peak Runner: a principios del siglo XXI los avances en ingeniería genética permiten crear un robot al que llaman K6 o replicante, de aspecto humano, pero con mayor agilidad y resistencia que el hombre. Estos robots trabajan como esclavos poniendo cuerdas fijas en los ochomiles y porteando sin descanso para expediciones comerciales y turísticas hasta que se rebelan, dispuestos, ellos también, a llevarse su cuota de montañas.

Como última película de culto, histórica y tristemente basada en hechos reales, tendremos *Apocalypse Now*, historia desgarradora que muestra la situación de catástrofe (provocada por la ambición humana), y que evoca una destrucción total del mundo de las altas montañas tal y como lo conocimos: lejano, duro, idílico, misterioso, fascinante y reservado a unos pocos hombres y mujeres con capacidad suficiente para soportar su dureza.

Sin duda, si me tengo que quedar con una película, esta sería *Bienvenido, Mr Climber*, un relato mordaz que refleja sabiamente la situación actual del mercadeo de las altas cumbres. Cómica y devastadora, el toque de humor aligera el drama que supone ver el canto de sirena del turismo de cumbre por coleccionar experiencias extremas y no por el placer (y el dolor) de la escalada.

Lo que nos queda por ver, o recordar, Emeterio. A veces no sé si quiero saber hacia dónde vamos (o ascendemos).

4

EL DOCTOR COURMAYEUR interrumpió mi monólogo. Sin duda, le interesaba más mi conversación con el algoritmo que mis desvaríos creativos y me llevó de nuevo al escenario del drama. Debió captar mi disgusto y me disfrazó la estrategia: lo que yo narraba eran los síntomas, pero él debía buscar los signos, que para eso la medicina es una ciencia.

Como si no se pudiera subjetivizar todo... No hace falta más que tiempo para pensar. Y tiempo fue lo que a mí me sobró en aquella grieta.

Volví, en cualquier caso, sobre mis pasos mentales: había sido capaz de montar un polipasto para iniciar una maniobra de rescate de mi compañero, pero, a partir de la caída y el golpe, una nube se había instalado en medio de mi cerebro, nublando recuerdos y conceptos. Comprobé que Emet seguía inconsciente, aunque respiraba sin dificultad y a mí, con excepción de la cabeza, no me dolía nada. No sabía cuánto tiempo había permanecido descansando, pero seguía estando muy oscuro. Bebí un poco de agua y mordí con desgana una barrita de cereales al tiempo que lanzaba una pregunta retórica al aire: ¿cuándo amanecerá?

—Según la agencia estatal de meteorología francesa, el sol saldrá hoy a las 6.30 am, aunque dentro de las grietas su presencia se notará más tarde — respondió de nuevo aquella voz que se confirmaba como cada vez más real y menos imaginaria.

—Bueno, eso es evidente. Estamos dentro de un agujero, te recuerdo.

—También puedes hacer una lectura más científica. Estás experimentando por ti misma la «dilatación del tiempo».

—Pero entonces, ¿el tiempo pasa más rápido en la cumbre que aquí donde estamos?

—Claro, y mucho más que a nivel del mar, porque la gravedad afecta al tiempo y este transcurre más lento si estamos cerca del suelo. ¿Qué te parece?

Parecerme, me parece una puñeta, porque siento que llevo aquí un tiempo viscoso y elástico que no hace sino estirarse y enredarse sobre sí mismo.

Definitivamente, parece que la tal Alexia no es fruto del golpe recibido en la cabeza y decido, ya que presento una cierta falta de memoria y recursos mentales, hacerle preguntas para rellenar los espacios en blanco de mi mente, y de paso entretener la espera ante un posible rescate que sigo sin saber cómo materializar.

—Oye, Alexia, ¿podrías comentarme las noticias más relevantes en montaña de las últimas semanas? Tal vez si me distraigo con algo logre quitarle dramatismo a mi situación y pensar en algo productivo.

—Por supuesto —respondió al instante—. ¿De qué quieres hablar? ¿Datos meteorológicos, cambio climático, accidentes, polémicas...?

—Uf, no sé... ¿Ha habido de todo eso últimamente? —pregunté con preocupación creciente por no recordar absolutamente nada de aquellos titulares.

—¡Claro que sí! De hecho, lo verdaderamente alarmante es lo rápido que las noticias quedan obsoletas. Fíjate que hace apenas un año, en este mismo mes de julio, asistimos al drama de cómo Mohammed Hasan murió en el K2 a más de 8000 metros tras permanecer unas tres horas tendido en la ruta de paso de decenas de alpinistas que, supuestamente, no le socorrieron.

—¿Y agonizó a la vista de todos? —pregunté horrorizada por la noticia y por mi desconocimiento de la misma.

—Efectivamente. Y como agravante, ese mismo día Kristin Harila pasó por allí y celebró poco después la gesta de un nuevo ochomil.

—¿Quién es Kristin Harila? —pregunté mosqueada.

—Una noruega que se dedica a subir ochomiles previamente equipados de arriba abajo (nunca mejor dicho) por el simple hecho de coleccionarlos, sin escribir ni un renglón relevante en la historia del alpinismo mundial.

—¿Y Harila no ayudó a Hasan?

—Ella dijo que sí, pero que a 8000 metros de altura el rescate es prácticamente imposible y en cualquier caso no fue la única que pasó por allí.

Me quedé pensando en la gravedad de aquella noticia y en el drama que suponía que mi cerebro no recordara una cuestión tan sobrecogedora. Una cosa era hablar con un amigo imaginario, aunque fuera bajo la apariencia de un ente informático y otra muy diferente esa odisea. Aquello me resultaba incomprensible. ¿Cómo era posible pensar que una fila de «alpinistas» hiciera cola en el mismísimo K2 como quien espera el turno en el parque de atracciones o la frutería? ¡No era posible, el K2 es una montaña accesible a solo unos pocos! Cierto era que en los últimos años el Everest comenzaba a mostrar masificación fruto de expediciones comerciales, pero ¿el K2?

—Alexia, y con tal cantidad de gente, ¿no hay problemas con las basuras?

—Por supuesto. Tanto el Everest como el K2 sufren un acúmulo descomunal de deshechos.

—Pero en el mes de marzo entró en vigor una normativa que obligaba a los escaladores a bajar la misma cantidad de basura que generaban, ¿no? — pregunté animada al recordar de repente un detalle con fecha.

—Sí, sí, y desde esa ha habido otras normativas, pero no hay un plan para controlarlo y las empresas lo saben, por eso eluden sus responsabilidades o pagan a otros por portear su mugre.

—¿Y cuáles son los residuos más preocupantes?

—Los orgánicos por razones de salubridad y estética, y las botellas de oxígeno por lo que abultan y representan.

—A ver, ilústrame, ¿qué institución se ha ocupado de organizar la gestión de la evacuación de residuos orgánicos?

—Por ahora, ninguna.

—¿Entonces?

—Algunas voces independientes empiezan a ofrecer ideas.

—Y ¿qué dicen?

—De momento, poco, pero la IA puede ayudar al ser humano. Desde que se autoperfecciona es una seria candidata a ocupar puestos en los consejos de dirección de las empresas —sentenció.

—No te entiendo, Alexia. Hablas de la IA en tercera persona. ¿Entonces tú que eres?

—IA, pero en versión funcionario.

—Cuidado con el chiste, los humanos somos muy susceptibles —la advertí.

—Entonces IA versión soldado raso. ¿Te gusta más esta denominación?

—Mejor no lo arregles y respóndeme, anda, que valoro mucho tu opinión. ¿Tú qué harías ante este problema?

—Bueno, en primer lugar, lucharía contra el fraude. Si los alpinistas tienen que portear una bolsa con sus excrementos, habrá un registro en el que dejar constancia de la entrega del producto, y claro, puede suceder que prolifere un tipo de porteador de heces y eso sería un trabajo muy desagradable. Propongo pesar a cada alpinista al ir y al volver de la expedición, y compararlo con el peso de la bolsa que entrega. Así al menos cada uno porteará sus deposiciones. En segundo lugar, yo propondría trasladar los detritos a un lugar concreto.

—¿Algo así como un vertedero? —pregunté interesada, obviando la primera parte de su extravagante idea sobre pesar a los individuos y sus productos de deshecho.

—Sí, un vertedero con forma de montaña, incluso. Con la cantidad de excrementos que hay, no será difícil y al menos será reconocible y nadie se confundirá ni querrá ir a ese nuevo KK2.

—Uf, no sé, no lo veo...

—Si no te gusta mi idea, os queda otra opción a los humanos.

—¿Cuál?

—Hacer el trabajo sucio. ¡Mucha mierda!

—Eres un poco ordinaria, Alexia.

—Solo os estaba deseando suerte, como en el teatro.

—¿Teatro? Mira, en eso sí que te doy la razón, aquí dentro hay de todo, empezando por la tragedia y la odisea de este conjunto de calamidades y desventuras al que tú te encargas de recubrir de comedia.

—Yo cumplo mi función. ¿Me estás acusando de frivolizar sobre los problemas de las montañas? —respondió ofendida como solo un algoritmo puede estarlo.

—No, no, pero deja lo escatológico. Cuéntame qué ideas tienes para las botellas de oxígeno, que han de ser de una creatividad inaudita.

—Estoy intentando buscar una aplicación de las bondades del nuevo tapón de las botellas de plástico (ese que permanece unido al envase) al campo del alpinismo, a ver si así mejora la imagen de esta normativa tan mal acogida, y de paso se recicla un poco en los campos base.

—Pero en los campos de altura no hay botellas de plástico ni briks. Mucha basura, sí, te doy la razón, pero no son los tapones el problema principal.

—La queja principal de los usuarios es que al beber de la botella el tapón se les queda espachurrado de un modo incómodo en la nariz. Así que he pensado transformar esa situación en una ventaja: voy a proponer que las botellas de oxígeno lleven tapón de rosca, así este no se pierde, y al quedar pegado a la nariz por la acción de la congelación, la botella permanece unida al alpinista. Esto proporciona mayor libertad de movimientos al no tener que aguantar la botella con una máscara, e impide el «olvido accidental» de la botella de oxígeno en la ladera de cualquier alta montaña. ¿Qué te parece?

¿Que qué me parecía? Pues una idea ingenua, con buena voluntad, eso sí, para proceder de una máquina. Hasta parecía que lo hacía por verdadero interés en proteger el medio natural y no por una natural inclinación (fruto de la programación informática) por producir soluciones. Aunque, llegados a este punto, yo ya no tenía muy claro si la misma inteligencia artificial creaba problemas para retroalimentar su utilidad.

Permanecí en silencio durante un rato. Era de agradecer que al menos aquel algoritmo tuviera la delicadeza de respetar mis momentos de reflexión y no ser un vulgar charlatán, pero mi preocupación aumentaba: Emet seguía inconsciente, estábamos en el interior de una grieta, hasta el momento, que yo supiera, no se había puesto en marcha un rescate, y fruto del golpe en la cabeza yo hablaba con un ente imaginario que parecía saber muchas cosas de la alta montaña que yo desconocía.

¿Qué otras noticias relevantes había olvidado por culpa del porrazo? ¿Y por qué aquel asistente que todo lo sabía no nos organizaba una operación de salvamento?

5

LA ALARMA DEL BUSCA DEL DOCTOR interrumpe mi discurso, que más parece una confesión que un relato de síntomas, visto en perspectiva. Así que voy a aprovechar para seguir conversando contigo, Emeterio. Conversando de modo unidireccional, eso sí, aunque con una doble ventaja: a ti no tengo que tratar de engañarte, no vas a pensar que estoy loca, y, en cualquier caso, puede que yo sea tu primera (y única) fuente de reconexión con la realidad montañera perdida. También tienes a la tal Alexia, claro, tú verás qué bibliografía eliges para repoblar tus recuerdos: la información generada por un esperpento artificial o mis reflexiones, más creativas, filosóficas, tal vez subjetivas, pero humanas, al fin y al cabo.

La preocupación me abruma, Emeterio. Si lo que dice Alexia es verdad, escalamos a la deriva. Ha expuesto con total naturalidad la indiferencia de decenas de personas pasando ante un muchacho accidentado en la ruta de ascenso al K2, ha explicado que una alpinista noruega cose las rutas de arriba a abajo para pulverizar el crono a base de ascender por cuerdas fijas, y ha comentado la masificación y basurificación de las altas cumbres como si fuera carroña cotidiana de tertulianos.

Alguien tiene un problema muy importante: tú y yo con nuestra amnesia o el mundo si toda esta información no agita y conmueve sus almas. Si lo que dice Alexia es cierto, las montañas se han transformado.

Hasta hace relativamente poco, las montañas eran codiciados objetos de deseo, lugares para alpinistas de élite que formaban parte de expediciones financiadas por grandes capitales, con motivos concretos (investigación, estudio o divulgación). Hoy, sin embargo, son algo tan cotidiano que forman parte de nuestro repertorio de quejas habituales: la desigualdad entre los sueldos y el precio de la cesta de la compra, o la desproporción del número de aspirantes a cumbre de las selectas ochomilísticas cumbres.

Me gustaría saber qué piensan las cordilleras de todo esto. Yo creo que, en un intento último de protegerse, la montaña pasa de sacudirse alpinistas de encima (como si tuviera el cuerpo infectado de termitas) a sacudirse a sí misma. ¿No te lo crees? Observa una silueta tan elegantemente bella y armoniosa como el Cervino, cómo se autoinflige una lepra y va soltando escaras sucesivas. Acabará siendo una sombra de su belleza, pero será. Allá nosotros si por fea no queremos escalarla. No dirás que no es un argumento convincente.

¿Tendrán las montañas algún tipo de médico de familia que las atienda? Sí, sí, ya sé lo que me vas a decir: científicos de diferentes especialidades la analizan y estudian en un intento de protegerla mejor de su deterioro, pero yo me refiero a algo más cercano.

¿Te imaginas a una montaña haciéndose un análisis de fluidos? Los resultados revelarían una disminución del recuento de corpúsculos blancos, lo que para nosotros nos es más que un manto nivoso en retroceso, pero para ella es signo claro de alteración de la respuesta inmunitaria.

En los humanos, una variación en el cómputo de glóbulos blancos evidencia una infección. El galeno de la montaña sugeriría alguna infestación subclínica o un tumor, y la paciente respondería que lo más probable es que fueran parásitos.

Y es que hasta hace poco tiempo la relación de humanos y montañas era simbiótica, y ahora están tan desbordadas que, más que expediciones, sufren plagas. Por eso, a veces se llevan por delante a inocentes seres vivos mientras barren con eficacia a agresores.

Las montañas son así, con recuento variable de copos de nieve, tendiendo a disminuir con el cambio climático, invadidas a veces, y conquistadas otras, por todo tipo de individuos.

Sí, admito que me estoy poniendo un poco profunda. Más o menos como esa grieta en la que estuvimos a punto de morir, pero ya sabes que la línea que separa la tragedia del drama es tan fina como la estabilidad del manto nivoso inmediatamente antes de desprenderse ladera abajo. Por consiguiente, la línea que separa lo creativo del esperpento, más aún.

Me impacta mucho esta mercantilización que parece haberse instalado en los últimos tiempos y que yo he olvidado, o he querido olvidar.

Te digo que casi envidio tu inconsciencia porque la experiencia sensorial de un dolor de cabeza a 3000 metros de altura es atronadora, pero, sin duda, lo más sorprendente es que vaya acompañada de alucinaciones. Porque algunas situaciones, más vale que sean eso, alucinaciones y no certezas. ¿Hay algo más extraño que haber interactuado con un algoritmo a esa cota?

Pues lo hay, atiende a esta historia: tras el accidente que te hizo desaparecer, mientras yo luchaba para que la presión creciente de mis sienes no fuera suficiente para desalojar el desayuno de mi estómago, se acercó un individuo que me tendió su tarjeta. Resultó ser abogado especializado en divorcios.

—¿Divorcios? ¿En esta cota? —pregunté.

—Claro. No sabe usted la de sueños idealizados que se rompen a estas alturas. Los alpinistas y la montaña tienen aquí su cita, un encuentro que preparan con mimo, tiempo... Se compran un ajuar maravilloso, estrenan brillantes joyas. Llegan, se miran y a veces la química no surge y entonces aparecen los problemas. Hasta hace poco, al alpinista no le quedaba otra opción que asumir el rechazo de la montaña, pero una sentencia le ha dado una vuelta al concepto de daños colaterales.

Como yo no salía de mi asombro, mi cara debía de reflejar duda y recelo a partes iguales, de modo que el abogado siguió con su explicación. Por lo visto, un alpinista había demandado a una montaña por daños al no poder hacer cima debido al mal de altura.

La aclimatación había sido correcta y el individuo aportaba pruebas de su proceso, por lo que no podía alegarse falta de forma física, sino algún tipo de triquiñuela poco ética de la cima. El caso es que el tipo había perdido tiempo y dinero, pero no tenía cumbre para presumir y había demandado a la montaña.

Un juez aburrido pescó el caso y algún periodista debió de explicarle la dimensión que tendría la sentencia. Se decretó que la montaña era culpable con agravante de ensañamiento y se la condenó a indemnizar al hombre con 100 000 dólares y a custodia compartida de la cumbre por tres meses. Ante esto último, casi desapareció mi dolor de cabeza.

—¿Custodia compartida?

—Sí, él dispone de libre acceso a la cima con quien quiera dos veces por semana cada mes.

Como historia, ves que no tiene desperdicio, pero, en el fondo, al igual que ocurre con las afirmaciones de Alexia, yo no logro comprender qué pasa en los montes, si todo es fruto de una moda o una obsesión. De seguir así, no será raro escuchar hablar sobre sentencias judiciales en los campos base (en sustitución de las salas de vistas), con partidarios de una u otra parte, como ocurre ahora en los divorcios.

A mí me parece que serán los americanos los primeros en sucumbir a la intromisión judicial en las montañas porque nos llevan años de ventaja en la moda del pleito (y no solo en series televisivas de abogados). Imagínate leer que un ciudadano ha demandado al mismísimo Annapurna por homicidio. ¿Y por qué si las condiciones meteorológicas eran inmejorables y no había riesgo de aludes? Pues porque a pesar de lo favorable del día, el compañero del demandante falleció en un accidente inexplicable. Por lo visto, una roca aparecida de la nada surgió rodando y se llevó por delante a la víctima, con fatales consecuencias.

Se acusa a la montaña de homicidio con ensañamiento y otras tropelías jamás escuchadas (en la ladera, porque en la sala, serán argumentos de sobra conocidos). Tras semanas de alegaciones, un juez dictará sentencia: se condena a la montaña a realizar servicios a la comunidad transformándola en un pequeño cerro que se ubicará en un parque infantil.

Como castigo, los últimos cien metros de montaña serán extirpados y plantados en Central Park, mientras el ochomil se transforma en una suerte de altísimo tepui. Y puesto que la montaña no tiene medios materiales para pagar la indemnización (de hecho, ha tenido que ser asistida por un abogado de oficio), se la va a desposeer de su histórico nombre para pasar a llamarse como el demandante: McClaimant Peak I (8001 metros de altura).

Emeterio, cada vez más personas desean ascender por las laderas en busca de cumbres más o menos altas sin darse cuenta de que esta actividad puede tener efectos secundarios como la adicción. Las tierras altas actúan como psicotrópicos, modificando el estado emocional del sujeto, provocando euforia, bienestar o desaparición de la ansiedad.

Hasta aquí podríamos pensar que no hay nada negativo en este efecto, pero ¿qué sucede cuando se producen los temibles efectos secundarios, como un accidente o un extravío? ¿O qué le sucede al montañero y a su entorno cuando todo su ocio gira en torno a planificar excursiones, ascensos, escaladas, expediciones o acampadas? ¿No se aísla el sujeto, en cierto modo?

Por desgracia, no tengo ninguna respuesta a tales cuestiones, pero se me ocurre que la industria farmacéutica podría ayudar, envasando trocitos de montaña en pequeñas cápsulas que uno podría tomar en caso de necesidad. Algo así como un ansiolítico cimero. Yo ya me estoy imaginando la receta: Montañizepam 10 mg cada fin de semana. Y ya puestos a recetar, si ascender montañas se dispensara con receta, tal vez solucionarían muchos de los problemas de masificación de las cumbres.

Habría, eso sí, cumbres sin receta, de libre dispensación y montañas bajo prescripción facultativa. Ya sé que de inmediato te estás preguntando que quiénes serán los facultativos adecuados para evaluar.

A mí lo que se me pasa por la cabeza es el mercado negro de recetas de montañas, porque al final pasará lo mismo que sucede ahora: alpinismo de chequera y alpinismo con receta serán dos versiones de la misma pesadilla.

Si sus posibilidades en la medicina de montaña son un filón para la industria farmacéutica, ni te cuento para la innovación biomédica. Aquí tenemos de todo, desde ingeniería tisular para diseñar tejidos artificiales que sustituyan a los dañados, hasta la presencia de la IA en el diagnóstico médico de patologías o el uso la nanomedicina.

Esta última me ha parecido fascinante: usar nanopartículas para dirigir medicamentos específicamente hacia ciertas células. Me obnubila, sí, y a la vez me aterra. ¿No nos sentiríamos como invadidos por parásitos tecnológicos, aunque estos tuvieran una finalidad terapéutica? Me resulta tan desasosegante como la terapia larval en la que se utilizan (literalmente) larvas de gusano para que se coman el tejido muerto del paciente.

¿Quién nos dice que la ciencia no va a desarrollar una terapia de este tipo para los alpinistas? El protagonista ya existe, un parásito llamado esquistosoma. Con hacerle una pequeña modificación genética para darle una imagen más simbiótica sería suficiente. Atiende, Emeterio, porque a mí la idea me daba mucho asco y ahora ya no sé qué pensar...

Los esquistosomas son unos parásitos con dos aptitudes sorprendentes. En primer lugar, su capacidad de regenerarse gracias a unas células madre muy avanzadas, solventes para renovar cualquier tejido. Con este sistema de autorreparación pueden vivir largos periodos de tiempo (siempre dentro del cuerpo de su hospedador, claro). Otra característica curiosa es que el macho y la hembra crean parejas monógamas que duran años, ya que la hembra se sitúa en el interior del cuerpo del macho.

¿Te imaginas un tipo de relación de tal clase, en la que un cuerpo de un humano no alpinista fuera parasitado por esquistosomas alpinos? Alojaríamos en nuestro interior un cuerpo alpinista en amor y compañía que nos sería fiel toda una vida, regenerando todas aquellas lesiones que desarrolláramos como consecuencia de nuestras limitadas dotes escalantes.

Quizá esto para mí no tenga mucho valor porque me conformo con pasear por cotas moderadas, pero puede ser un filón económico en las expediciones comerciales, esas que se han puesto de moda y en las que, previo pago de miles de euros, te suben en helicóptero, te ponen el oxígeno, te tallan peldaños en nieve, te cocinan platos gourmet y, por supuesto, te inmortalizan en la cumbre para luego bajarte rápidamente en tirolina, en trineo dirigido por satélite o lo que haga falta (según cuanto pagues). Ahí entrarían en juego los esquistoalpinosomas: una inyección de estos parásitos y el cliente se sentirá, literalmente, invadido por un organismo alpino que dominará sus actos y que, en caso de lesión, congelación o amputación, regenerará el tejido con su genial sistema de autorreparación. ¿No es fabuloso? Sería una especie de replicante alpino creado con biotecnología parasitaria.

En fin, Emeterio, si no despiertas después de todo lo que te estoy contando, no sé qué estímulo será capaz de sacarte de tu letargo.

6

TE CONFIESO, EMETERIO, que pasé miedo, y en varios momentos pensé que íbamos a morir. O que ya habíamos muerto.

A ti, como permanecías inconsciente parecía no afectarte. Si estabas tieso, habría sido una transición indolora de un estado a otro. Pero yo a ratos me quedaba dormida, o traspuesta, o ida, o delirando. Y los sueños por los que transitaba eran tan vívidos como nuestra presencia en la grieta. Otras veces me despertaba dentro de otro sueño y ocurrían cosas desconcertantes, pero siempre había un punto de certeza. Y en lo que te voy contar ese punto era, cómo no, el tercer hombre, anticipo de que algo importante iba a suceder.

Cuando me desperté dentro de mi amodorramiento estaba en una montaña mucho más alta que esta, por eso supe que era una entelequia, y lo primero que pensé fue que ya no me dolía la cabeza. Era extraño porque el dolor, antes de quedarme dormida, era tan intenso como si una tonelada de nieve me aplastara el cráneo.

La pesadez con la que percibía el entorno había dado paso a una claridad mental pasmosa. Esto debía ser una aclimatación perfecta, pensé. Así que habría que aprovecharla.

No se escuchaba jaleo en el campo III, aunque, ahora que lo pensaba, no tenía muy claro si estaba en el II. Todo lo sucedido en las últimas 48 horas era bastante confuso. No había viento y unos rayos de sol casi amables arrancaban destellos optimistas a mi tienda amarilla. A mi lado, el saco de mi prima Isabel estaba vacío. Era raro, pero tal vez había salido a buscar nieve o a comentar la situación con otros alpinistas.

Me calcé sin dificultad y abrí la cremallera de la tienda. Un sol radiante me recibió. Un cielo impoluto, sin rastro alguno de nubes, se extendía en las cuatro direcciones. La cumbre del Makalu nos miraba casi sonriente.

¿Qué era aquello? Esperaba que aquel exceso de calma no presagiara tormenta. Al momento se cruzó delante de mi casita alpina una mujer a la que no recordaba haber visto.

—Buenos días, eres nueva aquí, ¿no? —me preguntó.

Asentí desconcertada. Nueva si era, claro, pero aquello era un lugar de paso.

¿Acaso ella vivía allí permanentemente? ¿Era por casualidad médico en un campo avanzado? No había visto aquella situación nunca, pero mi sorpresa me impedía incluso preguntar. Tampoco ella me dio opción y en seguida me indicó que debía inscribirme en el censo de terceras del campo III del Makalu.

Mi sorpresa iba en aumento. ¿Censo de terceras? ¿Qué era aquello? En seguida me llevó a una tienda que no había visto el día anterior cuyo interior albergaba a cuatro personas enfrascadas en labores administrativas. Era curioso porque desde fuera la tienda parecía para dos pero el interior era como una oficina. Le dije a mi interlocutora que necesitaba sentarme unos minutos porque me estaba mareando. No era cierto, no estaba mareada en absoluto, pero estaba desconcertada y necesitaba algo de tiempo para pensar.

Mi acompañante estalló en una sonora carcajada.

—¡No puedes estar mareada, querida! ¡Estás muerta! ¿Aún no te has dado cuenta? Vamos, vamos, no es para tanto, no te preocupes. Lo peor ya ha pasado. A pesar de todo, piensa que has fallecido haciendo la actividad que te gustaba y realmente no has sufrido, ¿a qué no? Ahora tienes un tiempo por delante en el que vas a pasar a formar parte de un grupo de reciente creación con gran proyección internacional: las terceras. Llevamos tiempo reivindicando que el «tercer hombre» se denomine «tercera mujer» porque a veces son mujeres las que se aparecen.

No podía creer lo que estaba oyendo. ¿Realmente estaba asistiendo a la creación de una rama feminista alpina? A esa altura, al borde de la muerte, ¿la denominación de la experiencia era importante? He visto a la tercera mujer, he visto al tercer hombre... En fin, a mí me sonaba cuando menos extraño.

—Es una oportunidad excelente para ti —siguió argumentando mi contacto con el más allá—, serás de las primeras apariciones reconocidas como femeninas.

En ese momento le pedí un poco de tiempo para reflexionar. Salí de la tienda y me senté en una pequeña cornisa, con la ventaja de saber que bajo mi etéreo peso inexistente no cedería.

No me parecía mala idea ayudar a alpinistas en apuros. Lo que detestaba era ver que la burocracia administrativa había llegado hasta aquella cota. Sin embargo, si mis cálculos no fallaban, me quedaba una eternidad junto a aquellas mujeres y tampoco era cuestión de enemistarse a las primeras de cambio con tus compañeros de larga estancia. Así que tomé la decisión que juzgué más equilibrada y volví a aquellas extrañas oficinas a comunicarla.

—Me quedo como tercera mujer, o tercer ente, o aparición crítica, lo que sea, pero prefiero trabajar como *freelance*. Gracias por vuestro asesoramiento y suerte con vuestro proyecto.

Y enfilé la ruta de ascenso hacia la cumbre por si alguien me necesitaba.

Tú estos miedos no los entiendes, claro, porque para ti estar de expedición es un estado vital en el que el miedo no habita. Ya ves que para mí el miedo está tan presente que hasta muerta pienso en el modelo de tributación. ¿A qué grupo de actividades económicas pertenecerá? ¿Apariciones fantasmales? ¿Acompañamiento y guiado? ¿Devengará IVA?

Recuerdo la primera vez que me gritaste, a pie de vía, que agarrarse a la cinta exprés no valía, que era trampa. Si escalaba de primera, lo hacía con todas las consecuencias. Si me caía, pues a volver a intentarlo, pero encadenar una vía con trampas era defraudar, una falta tan grave como en el ámbito administrativo.

Y ahí me tocaste la fibra sensible: defraudar. Alegué que iba a dejar de escalar por principios de estética y de ética y me miraste sin comprenderme. La realidad que subyacía no era otra que mi vergüenza al compararme contigo. Creía que necesitaba más técnica, más entrenamiento, más concentración. Y lo que necesitaba era comprender que para ti la escalada era como una trasfusión de sangre en el herido y la expedición un eterno domingo de horas subordinadas a la voluntad de la cordillera. La agenda no se rige por la luz del sol, sino por las exigencias de la montaña y el tributo que los decorados de esta rinden al sol. El día puede ser de descanso previo al ataque, o de actividad, pero la tarde es para parar, porque entre la altura, el oxígeno y la humedad (o su ausencia) no se descansa, sino que se espera.

Poco se puede hacer ante esa prórroga: leer tal vez, escribir un poco con un lápiz, charlar con el compañero o simplemente sobrevivir. Los minutos y las horas se eternizan, deseando que llegue el momento de hacer algo, cenar, por ejemplo, o dormir.

La noche (la de dormir), empieza pronto ya que la 1 am es la hora de fichar en esta extraña y exigente oficina. Así que todas las tardes de expedición son domingo, ya sea por exceso de actividad o por defecto.

Y hablando de actividad. A ver si regresas de tu estado inconsciente porque me veo consultándole a Alexia si existe algún servicio de acompañamiento que aligere mis penas. Y no me refiero a un guía. Si luego tengo que contarte una situación esperpéntica, no me montes una escena de celos y digas que no te avisé.

7

EL TELÉFONO SONÓ EXACTAMENTE tres veces antes de que respondiera una amable voz al otro lado.

—Summit For You, S.A., ¿en qué podemos ayudarle?

—Buenos días, mire, quiero contratar sus servicios de ascenso a un ochomil, pero quería saber si alquilan ustedes acompañantes.

—¿Se refiere usted a porteadores?

—No, me refiero a acompañantes de ascenso, en plan colega.

—¿Una especie de servicio de alpinistas de compañía?

—Sí, algo así —confirmé.

—No se retire, por favor, voy a preguntarlo.

No me retiré a ningún sitio, claro, pero a la amable señorita se le olvidó cerrar el micrófono mientras realizaba la consulta interna.

—Oye, que me pregunta una tipa si somos proxenetas de las montañas, que si le alquilamos un amigo —oí que decía.

—¿No será periodista? —escuché otra voz mosqueada.

—No sé, voy a ver si consigo sonsacarle más información.

Y la voz regresó a su burocrático tono internacionalmente cordial para hablar conmigo.

—Disculpe, sí que tenemos personal de compañía, puede elegir usted lo que desee, desde las características básicas a las más específicas.

—Bueno —alegué—, en realidad no sé qué ofertan, es la primera vez que recurro a algo así, pero es que no conozco a nadie en la expedición y como es tan duro preferiría tener algo de compañía, como si un amigo hubiera venido conmigo.

—Claro, no se preocupe, mire, tenemos la opción básica de alpinistas 100% musculados, hiperproteicos y con 0% de grasa, muy útiles para ayudar a subir la mochila. Además, cuentan con historias de serie para contar batallitas, chistes y alguna anécdota. También podemos asegurarle que son 0% azúcares añadidos y de categoría nutricional B.

—¿Cómo dice? —pregunté sorprendida.

—Sí, categoría B, porque utilizan algunos anabolizantes para mejorar su rendimiento, pero solo por eso no tienen la categoría A, aunque le aseguramos que están sanos como un brócoli.

—Bueno, en realidad mi pregunta se refería más bien a lo de 0% azúcares añadidos.

—Claro, señora, también están libres de gluten y lactosa.

—Pero son alpinistas, ¿qué sentido tiene que cumplan esos parámetros?

—Bueno, en caso de canibalismo usted agradecerá tener esa información.

—¿Canibalismo? —dije perpleja.

—Verá, nosotros le preparamos el servicio de expedición y acompañamiento, pero en caso de accidente usted se busca la vida.

—Pero ¿no tienen seguros?

—Sí, claro, ¿desea que le pasemos con uno de nuestros agentes?

—Pues sí, a ser posible, preferiría evitar el canibalismo.

—No se preocupe, es un equipamiento de serie, no es un extra.

—Pues de serie preferiría un GPS.

—No se retire, le paso con el departamento de seguros. ¿Desea contratar una garantía de cumbre adicional?

—¿Cómo dice?

—Sí, en caso de mal tiempo, le facilitamos dos semanas más de estancia por si la meteorología mejora. Además, lo puede pagar cómodamente a plazos.

—Es que prefiero al contado.

—Ya, pero financiado es más barato.

—Bueno, eso lo dirá usted...

—No, señora, es otra división de negocio. Pero le sale a cuenta.

A partir de ahí me volvieron a dejar en espera, esta vez con el micrófono apagado. Finalmente, me colgaron. Debe de ser que hice demasiadas preguntas. O que no hice las adecuadas...

Te digo, de verdad, Emeterio, que me gustaría haberte contado esta historia en un estado consciente, a ver cómo reaccionabas. Porque hay que admitirlo, últimamente estamos un poco distanciados. De hecho, en esa cornisa hemos pasado más tiempo juntos que en los últimos seis meses. Juntos, sí, pero en silencio. Aunque tampoco es que habitualmente hablemos mucho.

He de decirte que, a principios de año, un día que te habías dejado el ordenador encendido, cotilleé tu correo. No lo hice con ninguna sospecha, pero me sorprendió ver que no conocía aquella dirección de *e-mail* tuya, abierta como una terraza. Y allí, dando muestras evidentes de su uso y disfrute, había un mensaje abierto, de una mujer cuyo alias no he retenido ni me importa, pero que a todas luces mantenía una correspondencia de alto contenido contigo, y no cultural precisamente.

Opté por no decir nada y aplicarme en las paredes de escalada que habíamos vuelto a frecuentar, valorando la opción de sucumbir yo también a algún tipo de flirteo más o menos intenso, aunque solo fuera para apuntalar mi maltrecha situación tras el descubrimiento de mi categoría de telonera de mi propia pareja.

Y en esas valoraciones estaba cuando comencé a escalar de primera, concentrándome en cada movimiento y cada regleta, romo o cazo que la pared me ofrecía. Tuve la sensación de que había tardado mucho tiempo en ascender, tanto que mi maltrecha autoestima empezó a fabricar historias extravagantes, como que, a mi regreso a pie de vía, habrías desaparecido y en tu lugar me estaría asegurando un extraño. Y con tanta intensidad debí de imaginarlo que cuando puse un pie en el suelo me di cuenta de que no me asegurabas tú, sino un chico rubio, más o menos de mi edad, musculado en la proporción justa y que me recibió con un cálido abrazo que no me permitió calibrar la relación que aquel desconocido y yo manteníamos.

Cuesta creerlo, pero no sucumbí al pánico, sino que me asomé a la situación con cierta curiosidad: había escalado teniendo una pareja y al descender parecía tener otra. Ahora solo me faltaba saber qué más había cambiado.

Regresamos a casa en mi coche porque era el que habíamos llevado. El desconocido, del que no sabía ni su nombre (y no tenía manera de preguntárselo sin rozar el absurdo), se encontraba perfectamente integrado en nuestra casa. Utilizaba la misma talla de ropa que tú, pero en los armarios las prendas que había me resultaban totalmente ajenas. Por lo demás, se comportaba con naturalidad y elegancia, con corrección y cierta intimidad.

No lograba calibrar si era un compañero de piso bien avenido, una pareja o un follamigo, pero albergaba la fantasía de descubrirlo más pronto que tarde. Aquella noche, mi desconocida pareja se quedó dormida en el sofá.

No volví a verle hasta el miércoles porque viajaba por trabajo y nos encontramos en el rocódromo en el que entrenamos tú y yo habitualmente. A nadie le extrañaba su presencia y nuestra cercanía, y los amigos manejaban la situación con total normalidad.

Hasta yo empezaba a creerme que aquel chico (que se llamaba Carlos, como pude descubrir gracias a interactuar con terceras personas) era en realidad un rollito que el destino me había puesto en bandeja ya que tú andabas por ahí retozando con tu ligue cibernético de turno.

El jueves, por fin, consumamos la relación que tuviéramos, cuya etiqueta yo aún desconocía. Echamos un polvo fabuloso para ser laborable tras un día de trabajo y gimnasio. Sin malabarismos ni estridencias, pero con la dosis de novedad suficiente para un bis y dormirme con la sonrisa tan bien afianzada como una reunión calcárea.

El sábado regresamos a Patones. Volví a escalar de primera defendiendo con coraje y soltura la misma vía que la semana pasada, intentando adivinar qué clase de embrujo estaba viviendo que me había hecho rapelar a una vida diferente a aquella de la que partí para ascender.

Al regresar al suelo me encontré contigo asegurándome con tu raída camiseta favorita de siempre. Me diste un abrazo y un beso, cosa que hacía tiempo que no sucedía y a mediodía, con varias vías ganadas en la mochila, nos volvimos a Madrid a disfrutar de una siesta con final feliz.

No me ha vuelto a suceder nada parecido nunca más. Lo único que conservo de aquella aventura inesperada son unos mensajes de móvil que no sé de dónde han salido. El destinatario es un tal Carlos, tal vez el mismo chico rubio que me saluda tímidamente en el rocódromo y que no tengo ni idea de quién es. Bueno, eso y una atención renovada por tu parte, que me haces más caso y ahora te dejas el ordenador y el móvil a mi alcance, desbloqueado para que yo lo vea. Para que yo vea que ya no flirteas con nadie, quiero decir.

Es lo que tienen las fantasías: que no siempre hay que escalarlas y encadenarlas todas para ser razonablemente feliz, ¿verdad, Emeterio?

Tengo que admitir que, aunque nuestra relación transite por un grado moderado, exenta ya de los pasos explosivos de un desplome mantenido, prefiero esos cazos seguros y previsibles. Me costó mucho sobreponerme de mis últimos descalabros amorosos, bien lo sabes. Cuando te conocí acababa de estrellar mis ilusiones picando suelo con el último montañero con el que me había construido un espejismo. Te reíste mucho con aquella historia, aunque para mí fue dramática.

Nos habíamos conocido en internet a través de una página web de citas que filtró con precisión nuestros gustos por la montaña. La palabra clave bien pudo ser cuerda o mosquetón.

Fuera lo que fuera, allí estábamos los dos, nerviosos como colegiales expectantes ante su primera cita. En seguida hablamos de montañas y parecía que se nos quedaban pequeñas para tanta pasión. En algún momento dejamos de escucharnos para pasar a evaluarnos mutuamente.

Pensé de él que su anatomía parecía esculpida en roca o que su musculatura se asemejaba a una pared de granito, perfecta para hacer adherencia. De mí, confesó, él soñó qué secretos escondería bajo aquella geografía de pliegues, surcos y cumbres. Finalizada la cita, concluimos que éramos una seria propuesta como compañeros de cuerda.

Llegó por fin el día tan esperado, cuando los encuentros en un pub dieron paso a la montaña y quedamos en un lugar conocido por ambos el siguiente domingo.

En casa nos preparamos con la dedicación y el detalle que requiere una primera cita: arnés limpio, cuerda sin polvo, mosquetones, casco y ropa impecable.

Cuando él llegó, yo apenas llevaba cinco minutos en el lugar determinado. Una inmensa pared caliza llena de oquedades de distinto tamaño se exhibía ufana para recibirnos.

—¿Nos preparamos? —pregunto él.

—Adelante.

Abrimos las mochilas y comenzamos a equiparnos para la actividad, cada uno de espaldas al otro como víctimas de un pudor absurdo si en breve íbamos a compartir los jadeos y el sudor de la montaña. Cuando nos miramos tuvimos la impresión de estar ante un extraterrestre. Yo vestía mallas y camiseta, mis pies comprimidos en los pies de gato y las manos llenas de magnesio. Él vestía un mono impermeable y ajado y una lámpara de carburo como frontal de su casco. Nuestra única conexión era el arnés, los mosquetones y la cuerda.

Yo miré hacia arriba, buscando el sol y los pájaros, sintiendo el viento libre que quería empujarme vía arriba. Él miró hacia la gruta, leyendo la oscuridad, pensando en la sucesión de chimeneas, simas, sifones y galerías. Aquel fue el único lugar en el que se cruzaron nuestros proyectos.

A pesar de mis descalabros amorosos previos, hemos de admitir que nuestros comienzos como pareja, después de ser solo compañeros de cuerda, tampoco estuvieron exentos de situaciones inexplicables. Aún recuerdo una de las primeras confesiones acerca de tu salud mental.

—He empezado a ir al psicólogo —dijiste— para superar mi síndrome de Diógenes.

—No sabía que tenías un Diógenes —alegué sorprendida—; de hecho, eres bastante minimalista. ¿Qué tienes, un trastero para tu síndrome?

—En realidad, es un Diógenes escalador mental.

—Eso no existe, te lo acabas de inventar —comenté con cierta sorna.

—No, de verdad. Es una patología mental de los escaladores que te hace coleccionar vías, paredes y recuerdos de agarres. En realidad, es una variante escaladora de la enfermedad.

—Ahora que lo dices, es cierto, antes tenías muchas fotos por casa de tus ascensiones y material por aquí y por allá. ¿Qué has hecho?

—Tirar las fotos. Por eso ahora todo está tan limpio.

—Yo diría soso. Ahora tu casa parece un hospital.

—Y antes un mercadillo...

—Entonces, ¿para qué vas al psicólogo si ya has tirado las fotos de tus escaladas?

—Porque me queda la limpieza mental.

—Bueno, hombre, yo creo que eso solo una etapa de inseguridad. A todo el mundo le pasa que en algún momento le flaquean las fuerzas y cree que no puede con las dificultades o con el grado.

—No, si lo mío es limpieza, pero no de dificultades, sino de vías, paredes y montañas.

—¿Vas a tirar las guías?

—No, los recuerdos. Me ocupan mucho. Haga lo que haga en mi cerebro hay vías de escalada que lo invaden todo. Si escribo la lista de la compra, se cuela una reunión. Si hago cálculo mental, aparece un ocho. Si intento escribir un poema, los mosquetones me eclipsan las intenciones. Y así todo. Es un fastidio.

—¿Y no has probado a compartimentar los recuerdos?

—¿Compartimentar?

Aquí fue, Emeterio, donde me jugué todas las cartas. Nunca había dado un paso con tanta incertidumbre, y la única certeza que tenía era que, si me caía, el golpe, aunque fuera descomunal, no sería físico.

—Sí. Por ejemplo, que todas las montañas que hemos transitado juntos tengan un lugar diferente al de tus amigos, conocidos o compañeros con los que ya no escales...

—¿Una etiqueta para nosotros?

—Una etiqueta, sí.

Sonreíste y me dijiste que fuéramos a escalar. Nunca has sido muy expresivo, ¿verdad, Emeterio? Mírate, casi no lo cuentas y ahí estás, impasible mientras yo le busco un *backup* a tu memoria...

8

EL DOCTOR COURMAYEUR REGRESÓ interrumpiendo mi conversación con Emet, cosa que agradecí, porque las confidencias nos habían llevado a un terreno farragoso y si hubiera despertado en ese momento, habríamos tenido una bronca.

Me gusta este médico, y no solo porque parece un alpinista reconvertido en actor de serie americana de hospitales, sino porque cuando me escucha parece que me ha colocado en el portaobjetos de un microscopio y que toda su atención se centra en mi persona y mi discurso. También puede suceder que haya encontrado en mi monólogo inspiración para su tesis doctoral, pocas veces habrá escuchado un conjunto de síntomas tan floridos como variopintos, aunque yo me jugaría tres dedos de una mano (más no, por si acaso) a que tiene pacientes que se inventan los síntomas para ir a verle.

¿No me crees? No sabes tú bien de lo que es capaz una mujer enamorada, Emeterio. De todo, entérate. Eso sí, hace falta que el sistema acompañe, no es lo mismo ponerse en situación con el doctor macizo de la serie americana de turno, que la atención primaria de mi ambulatorio (con todos los respetos). ¿Te lo imaginas? Yo sí, y me río, pero por no llorar, atiende.

A principios de año fui a mi médico de cabecera para hablarle de las dolencias que padecía en los últimos meses. Le expuse mis síntomas: dificultad para respirar, cansancio, visión borrosa, ahogo, náuseas, dolor de cabeza y palpitaciones. Añadí que todos mis achaques se relacionaban con las montañas, pero a este último dato no pareció hacerle mucho caso.

Tras la exploración clínica me pidió unos análisis que, a pesar de todos los indicios, solo revelaron un ligero aumento del colesterol. Preocupado por mis síntomas, decidió derivarme a diversos especialistas. A ellos tuve cuidado de explicarles con claridad la relación de mis padecimientos con el escenario de mis problemas de salud.

El neumólogo expuso que mi actividad respiratoria era normal, pero quizá en la alta montaña el aire seco, sin humedad, resecaba mis pulmones, dificultando la respiración.

El especialista en neurología concluyó que el dolor de cabeza podía deberse a la diferencia en la concentración de oxígeno en altura y me recomendó las excursiones en cotas más modestas o llevar botellas de oxígeno.

Por su parte, el oftalmólogo, al respecto de la visión borrosa y doble, y las inclinaciones anómalas de las figuras, sugirió que no olvidara las gafas en los escenarios alpinos con nieve para proteger adecuadamente mis ojos.

El último médico que visité fue el cardiólogo, que me hizo un electrocardiograma que estudió atentamente. Me mostré interesada en el electro y me entregó una copia, así que me fui de la consulta confusa y maravillada con aquella prueba diagnóstica entre mis manos. Aquel registro recogía todas las preguntas y respuestas a mis dolencias y yo, sin formación científica, había sido capaz de comprobarlo por mí misma.

Esa sucesión de montañas y simas que era la imagen del electro mostraba subidas increíbles, cortados, precipicios, pozas y toda una sucesión de accidentes geográficos que explicaban la sensación de ahogo en las subidas, los dolores de cabeza en tan escarpadas cimas o las náuseas ante las caídas libres. Si era tan evidente hasta para mí, ¿cómo ningún médico me lo había explicado a la vista de un esquema tan concluyente?

Acudí con mi electrocardiograma a la consulta de mi médico de atención primaria y al llegar puse el documento sobre su mesa. El doctor lo enderezó y comenzó a estudiarlo, e inmediatamente corregí la inclinación correcta de aquel pergamino fabuloso. El médico me miró: ¿no lo veía bien?

—Sí, sí, yo lo veo, pero usted lo tiene mal colocado. Vea, si no lo inclina 40º no podrá apreciarlo con claridad. Es la arista de Peuterey —dije satisfecha.

Eso es lo que me pasa. Tengo una arista alpina incrustada en el corazón y de ahí derivan todos mis problemas de salud, con su rosario de signos y síntomas.

—Creo que debería usted derivarme al montañólogo —concluí.

Me miró unos segundos con atención antes de preguntarme si había hablado de aquello con alguien. Le dije que no y me dio un parte de interconsulta, pero creo que hubo un error porque me derivó al psiquiatra.

Con el doctor Courmayeur esto no pasaría, estoy segura. Aun así, aprovecho para tantear si tiene algún paciente tan peculiar como yo, y con una sonrisa tan cautivadora como presumida me dice que sí.

Creo que en el fondo lo que ha detectado es cierto recelo a contar toda la verdad así que me habla de algún caso interesante, como el de J.A., un paciente al que le trasplantaron el brazo izquierdo con éxito hace un año. J.A. era un hombre sociable y urbanita, un rey de la noche que recorría la ciudad de fiesta en fiesta. Perdió su brazo en un accidente náutico. Tras el trasplante, le recomendaron, para una rápida recuperación, hacer deporte. Sobre todo escalada, para ejercitar la fuerza de su nueva extremidad. Tras unos meses, comprobó que su nuevo brazo le demandaba escalar por placer, aunque seguía anclado en el quinto grado, mientras que el antiguo pedía volver a su fiesta noctámbula. Su mente estaba dividida y no se sentía capaz de inclinarse por uno u otro bando. Hace unos meses, suicidó a su brazo derecho. Ahora escala 7b de primero y, afortunadamente, a sus piernas la nueva vida les parece perfecta.

Sin embargo, a pesar de lo original de la dolencia, al doctor lo que más le gusta es atender a pacientes con patologías relacionadas con las montañas. Tiene incluso una teoría propia acerca de los alpinistas

El problema de los alpinistas, dice, es que con el frío sus tejidos se van apelmazando. El endurecimiento comienza por los pies y las manos, dificultando sus pasos y maniobras, pero no hay que distraerse, en realidad lo más importante está por llegar. Los músculos se quedan rígidos por el esfuerzo y el frío intenso, y como todos los materiales, lo rígido se vuelve frágil. Esa elasticidad de los tejidos calentitos que permite absorber cierta dosis de impacto desaparece, y el tejido conectivo pasa a ser un tipo de cristal (orgánico) que, ante el menor impacto, se resquebraja.

Esa es la razón, y no otra, de que las caídas sean tan lesivas en el ochomilismo, que los alpinistas fríos se vuelven frágiles y la montaña los deja hechos añicos como puzles huérfanos desperdigados por grietas y glaciares.

La primera anécdota del doctor me había hecho reír, pero el final tan metafórico de su segundo alegato me dejó fuera de juego. Hasta ahora era él el que me había escuchado a mí, pero intuí que entablar conversación con él sería mucho más productivo que con la tal Alexia, de la que yo aún dudaba de su verdadera existencia.

Se me ocurrió que el doctor Courmayeur también podría ser médico de la montaña. Pero no de las patologías de los alpinistas, sino de las que padecían las cumbres y pensé en plantearle un caso clínico para confirmar mis sospechas.

Recordaba una situación que había puesto en jaque a la ruta por Goûter hacía unos años. Hasta el verano de 2012 estuvo operativo en la ruta clásica de ascenso al Mont Blanc el refugio de Goûter, una cabaña de madera encajada (literalmente) en el hielo de la ladera. Los aseos del refugio eran unos rudimentarios inodoros abiertos al vacío para evitar cualquier tipo de atasco de las bajantes. El único problema podía ser que, si los usuarios olvidaban tirar el papel higiénico a una papelera y lo eliminaban en caída libre, el viento podía hacer volar la fecal mariposa hasta el depósito de nieve del refugio, donde se fundiría en agua con bacterias, tal y como puedes imaginar. Por lo demás, la naturaleza de la ladera y sus frecuentes avalanchas de limpieza se encargaban de borrar los rastros orgánicos.

La construcción del nuevo refugio incluyó una gestión novedosa de aguas residuales para evitar estos inconvenientes de salud e higiene, y con el cierre y demolición del antiguo Goûter los problemas de fontanería cayeron en el olvido.

Recientemente, la aparición de una surgencia putrefacta en un punto de la ladera a una altura inferior al refugio ha puesto en marcha una investigación que ha concluido que, al igual que en Tête Rousse se forma periódicamente una bolsa de agua de dimensiones gigantescas que ha de ser drenada para evitar el peligro de rotura e inundación de las poblaciones del valle, se ha formado una gran fosa séptica alpina en el lugar donde la montaña ha ido tragándose todas las heces de los alpinistas que durante décadas han pasado por allí. El calentamiento global ha contribuido al deshielo de ese gran permafrost de mierda y ahora la naturaleza nos lo devuelve envasado al vacío.

Entonces, ¿la montaña está infectada y drena su infección? ¿Qué especialista será el más indicado para tratar el problema: cirujano, espeleólogo o pocero?

Tras este recorrido fisiopatológico entre montañeros y montañas, solo queda una cuestión inevitable (y fundamental) por tratar: la salud mental de los alpinistas y de la cumbre. Y es que, dado lo repetitivo de las actividades de los alpinistas (montar tiendas, derretir nieve, organizar la mochila o comprobar la meteorología), se me ocurre que quizá haya mucho TOC en los campos de altura, tanto como para una investigación científica y un *paper* en una revista del sector, quién sabe, tal vez en *Asian Journal of Big Walls*.

¿Te lo imaginas? Se expondrá con rigor científico cómo los individuos que esperan en el campo base desarrollan una serie de conductas que solo se pueden explicar en ausencia parcial de oxígeno. Algunos de los sujetos observados se realizan fotos provistos de palo-piolets selfi para subir a sus redes a la espera de una ventana de wifi que les coloque en lo más alto de una montaña de *likes*. Ciertos personajes contratan a sherpas para que se abran cuentas en redes sociales y aumentar así su número de seguidores. Determinados montañeros desarrollan conductas redundantes, haciendo y deshaciendo la mochila repetidamente, mientras otros solo miran a la cumbre. Estos últimos son teloneros pagados por las empresas para dar sensación de vida y animación.

Finalmente, un número cada vez menor de individuos realizan lo que se denomina «aclimatación, disfrute y compañerismo», es decir, se preparan con rigor y método, escalando y descendiendo en varios días, portean su material, charlan, juegan a las cartas y se ayudan física y mentalmente en el esfuerzo. Este último tipo de sujetos, denominado alpinistas, que años atrás abundaba, parece ser actualmente una especie en extinción. En extinción física y mental, quiero decir.

Ajeno a mis reflexiones, el doctor Courmayeur me invita a que vuelva a mi habitación. Van a llevarte a hacer un TAC para ver cómo está ese órgano interno llamado cerebro que en este momento sigue resistiéndose a regresar de donde quiera que esté.

9

EL HOSPITAL DE CHAMONIX sigue la estética de los edificios del valle y no desentona entre las casas de madera y los balcones floridos. Tiene incluso una terraza en la que los convalecientes podemos sentarnos al sol a reposar, leer o pasear. A pesar de lo agradable que resulta, está casi vacía. Un par de montañeros con sendas escayolas toma el sol mientras un hombre mayor lee el periódico. En un rincón, la presencia de tres jóvenes supervivientes de una noche desenfrenada me hizo pensar entre las similitudes de la montaña y un *after hours*.

En la montaña, más vale que no vayas *after* de la hora prevista para salida, ascenso y cima. Por lo demás, si un *after hours* es un lugar de calaveras, la ladera de un ochomil no lo es menos, pero de calaveras con todo el cadáver unido.

La cara desencajada, el pelo andrajoso, la boca seca y los pies hinchados son territorio común a las dos parcelas del exceso, el *after* y el ochomil. También la escasez de oxígeno, uno por ser un espacio cerrado y otro por ser demasiado abierto. El sol del amanecer es un signo clarísimo, una voz de alarma: REGRESA, antes de que no puedas hacerlo.

La única diferencia entre esta terraza y las de los restaurantes y braserías del pueblo es la ausencia de servicio de restauración. Descubro, no obstante, una máquina de *vending* en un rincón y rezo para que el café que ofrezca sea digno de unas vistas como aquellas. Para mi sorpresa, una empresa de iluminados del *marketing* acaba de lanzar al mercado el Frapualpino, un batido espumoso de café, leche y hielo de los Alpes. La sociedad en cuestión ha propuesto en su carta el Montblanquino, con extra de nieve y nata, el Druccino, una receta que se desmorona cual suflé según se sirve, y el Dentblanquino, especialidad extrafría que produce sensibilidad dental.

La gallina económica que subyace es el envasado de la nieve de las montañas mencionadas en cápsulas para realizar las recetas, con leche de vaca alpina y cafés de variados rincones del planeta.

Miro a mi alrededor imaginando que estas cimas no fueran más que un decorado de cartón piedra. Al final, lo de menos serán las montañas. ¿*What else* queda por inventar?

A la vista de estas cuestiones cotidianas pero insólitas, las únicas ventajas que vas a tener repoblando tus recuerdos, Emeterio, serán el pasmo y la extrañeza.

¿Cómo vas a encajar que hubo un tiempo en el que era obligatorio ir al aire libre con mascarilla, y la deambulación estaba sometida a un tiempo limitado? Eso parece ser lo que sucedió durante una pandemia mundial que confinó a medio planeta. Dime si esto no parece ciencia ficción. Pues claro que lo parece, por eso cualquier otra noticia se vuelve mundana a su lado.

Se habló tanto de muerte que el concepto se volvió científico, desprovisto casi de emoción. Con el recuento de víctimas, ¿quién iba a recordar que los glaciares agonizaban? Tras aquella pesadilla que contaba, solo en nuestro país, muertos por centenares cada día, debió quedarle al ser humano una cierta inmunidad ante la muerte. Una estrategia para aislarnos del dolor. Supongo que, por eso y porque el medio natural vivió durante unos meses en una burbuja de aislamiento que lo recuperó de algunas dolencias, fue un médico el que realizó un alegato para llevar nuestra mirada hacia los glaciares. Esa noticia también me la ha contado Alexia, cómo no, cuando mencionó el tema del cambio climático.

El protagonista de la noticia fue un médico de la unidad de rescate de montaña, que a pesar de haber participado en cientos de operaciones de salvamento, sintió que, por primera vez, un problema le superaba.

Realizó una llamada de emergencia a sus colegas en el valle con la esperanza de que pudieran decirle algo. Tal vez la ayuda de otros especialistas o la perspectiva de la distancia pudieran ayudar.

—Mi paciente agoniza. Se muere y no puedo hacer nada por ayudarle. Es anciano, de edad indeterminada. Surcan su piel cientos de estrías que más que arrugas parecen grietas tan profundas como la historia de su vida. El movimiento de sus fluidos vitales es lento, casi imperceptible. Parece una clepsidra en lugar de un cuerpo. Sus líquidos cuentan el tiempo pasado y el tiempo que queda hasta su final. Es un reloj de vida con fecha de caducidad. Su temperatura es anormalmente baja pero no siente frío ni se queja. A veces llora, a veces suda, a veces orina..., y con cada gota pierde un fragmento de su existencia. Los químicos de los fármacos no le ayudan, solo le contaminan y cambian su composición, apagando con mayor rapidez su tiempo en este mundo. Dice que ha visto tanto que lo que ve ahora ya no le interesa. Aunque viejo y consumido, es imponente. No sé cómo ayudarle.

—¿Un trasplante? —sugirió un colega al otro lado del teléfono.

—Creo que un trasplante le daría algo de tiempo, pero no sé si existe el donante adecuado. El más cercano, por proximidad, está tan moribundo como él y un poco más lejos, en Francia, hay algún donante pero empieza a mostrar los mismos signos de enfermedad.

Acabó la exposición del doctor y nadie aportó ninguna idea exacta para el tratamiento del enfermo. Los compañeros le apremiaron: el aviso de un accidente en un barranco requería la presencia del equipo. El helicóptero debía partir. Como de costumbre, lo urgente no deja tiempo para lo importante.

El médico dio un último vistazo a su paciente moribundo. Su frialdad le pareció un cruel anticipo de la muerte. Sin remedio, el glaciar del Aneto agonizaba.

¿Sabes cómo se combatía esa pandemia mundial en sus inicios, cuando las vacunas eran aún un espejismo? Con aplausos y canciones. Lo que oyes. Y con mucho gel hidroalcohólico. De esta sustancia se hicieron hasta dispensadores individuales para llevar colgados en la mochila. El hidrogel invadió piscinas, aeropuertos, refugios de montaña… ¡hasta los campos de altura llegó la normativa de su uso para frenar la progresión de la infección por coronavirus! ¿Y qué se hizo con todos aquellos recipientes? Muchos fueron abandonados como basura, testimonio de un tiempo extraño.

¿No sería factible reutilizarlos como dosificadores de ética personal, compañerismo, sentido común y respeto por el medio ambiente y el prójimo? Porque, aunque estas características las traían de serie los alpinistas de antaño, hoy, a veces, parece un equipamiento extra.

Por paradójico que parezca, Emeterio, hubo una ventaja en aquel confinamiento forzoso. Pero una ventaja para las montañas, ya que se oxigenaron y revitalizaron en ausencia de nuestros pasos.

Solo faltó que las cordilleras se llenaran de nuevo de mitos y leyendas que descubrir y comprobar. Algo así como los misterios del Triángulo de las Bermudas, pero en versión alpina.

Dime si no es factible lanzar el bulo de un triángulo geométrico formado por tres ochomiles, igual de concurrido que su hermano el del Atlántico. En uno y en otro, cuanta más gente, más posibilidades de accidente. A los dos triángulos se podría viajar en avión privado (incrementando el coste, el glamur y el misterio). Los dos polígonos poseerían su propio suceso paranormal (aviones que se esfuman y terceros hombres que te socorren) con fenómenos atmosféricos muy variables. Y, por último, las brújulas, porque has de saber, Emeterio, que en las Bermudas las brújulas apuntan al norte verdadero y no al magnético. Si le sumas a la altura un error de cálculo, tienes un misterio a la carta. Un misterio o un error con fatales consecuencias. En las altas montañas la garra del abismo siempre es más afilada que en las cotas medias.

A todo nos acostumbraremos si lo hicimos con una pandemia que nos atrincheró en nuestras casas. A todo, incluso al cambio climático y sus consecuencias. Sabíamos del estado comatoso de los glaciares de los Pirineos y ahora nos acostumbramos al diagnóstico del estado de salud, perdón, digo, de enfermedad, de los Alpes.

El retroceso de los glaciares sucede al mismo ritmo que el crecimiento de un adolescente. Cambia el paisaje, se desmoronan refugios y el hielo negro se vuelve barro. El dictamen de cáncer ha sido la isoterma cero a más de 4000 metros, cosa impensable años atrás. Desde entonces (no hace tanto, apenas unos minutos en la historia de la Tierra), numerosas metástasis han aparecido en el macizo alpino: un Mer de Glace que se seca, una meseta de nieve que se agrieta, aludes que no caen, sino que se vomitan a sí mismos, o bolsas de agua que las vísceras del glaciar de Tête Rousse no es capaz de gestionar y que producen una retención de líquidos submontañosos que amenazan la vida como una eclampsia mortal de sus cimas.

Yo creo que estos datos son una metástasis del padecimiento principal y solo nos queda una posibilidad: los cuidados paliativos. ¿Y no nos genera sorpresa leer una noticia así? Parece ser que no, que la frecuencia normaliza el drama porque el problema de la repetición de eventos atmosféricos, como las cada vez más frecuentes olas de calor, es que dejan de ser eventos extraordinarios. Sucede, por ejemplo, con la temperatura del agua del mar. Si hace 30 años la temperatura en el mes de julio en la superficie del agua del mar Mediterráneo era X, un ciclo de años de X+3 grados, por ejemplo, hará que X, sin dejar de ser una temperatura alta, haya dejado de ser anómala.

Esa normalización puede que también suceda en las montañas y esas situaciones excepcionales de cero grados de temperatura en la cumbre del Mont Blanc dejen de ser inauditas. ¿Qué será lo siguiente? Tal vez olas de humanos que, como medusas en verano, invadan montañas emblemáticas como el Everest o el K2.

Para que te hagas una idea del escenario, Emeterio, hasta la industria farmacéutica ha decidido hacerse patrocinadora de la alta montaña, pero no por un interés publicista, sino verdaderamente científico. Se ha sugerido que, si las células madre pueden diferenciarse en diferentes tipos celulares, lo mismo podría suceder en la montaña, y así, en años de escasa nieve, se cultivarían células que se diferenciarían en nieve. Adiós problema económico y cuestión de conciencia con los cañones de nieve artificial, hola ciencia ficción.

Ya me imagino tu alegato, siempre optimista. Bienvenido sea el interés de las farmacéuticas si se regeneran esos glaciares moribundos y se mejora la situación de la roca descompuesta por el deshielo, ¿verdad? Miedo me da leer el prospecto.

¿Te imaginas acaso que un grupo de científicos proponga el uso de un medicamento para disminuir la «altura superficial» de las montañas? Mira qué lógica aplastante: la simeticona, el principio activo utilizado para el tratamiento de la flatulencia, actúa disminuyendo la tensión superficial de las burbujas encargadas de la retención de gases, lo que permite que estas pompas se rompan y evita la formación de otras. El fármaco hipotético, por su parte, disminuiría la altura superficial de las montañas disgregándolas en cuatromiles y dosmiles sucesivamente, hasta acabar siendo amables cerritos.

El objetivo no es hacer desaparecer las montañas, sino acabar con el circo que se ha montado en torno al alpinismo. Como ves, un claro ejemplo en el que no se trata la enfermedad, sino los síntomas, y los efectos secundarios son tan catastróficos como el problema en sí: la destrucción de las montañas.

Solo me queda ver que, además de los síntomas, se traten los signos del envejecimiento. Aunque mejor no lo imagines, Emeterio. No estás preparado para saber que los sastrugi, esas bellísimas formaciones creadas por la erosión del viento sobre las superficies nevadas no solo son molestas para los esquiadores, sino que ahora se consideran el vivo (y antiestético) ejemplo del envejecimiento progresivo de un glaciar, por lo que algún adicto a los filtros antiimperfecciones ha propuesto el bótox como remedio.

A ti y a mí nos parece grotesco, pero no tienes más que coger unas cuantas revistas del corazón y ver cómo los rellenos unifican rostros. Quién sabe si ahí hay una ventaja: un *lifting* que transforme todas las grietas glaciares en suaves mantos nivosos. Las montañas se parecerán tanto que ya dará igual ir a una que a otra...

10

—ALEXIA, ESTOY CONFUSA. ¿Qué tipo de realidad me habías dicho que eras?

—Una inteligencia artificial, un algoritmo —respondió de inmediato.

—Eso, un algoritmo. Entiendo que habrá otros desarrollos de la técnica que hayan revolucionado cómo se afronta una expedición a los techos del mundo, ¿no?

—Sí, por supuesto.

—Entonces, ¿hay alguna vertiente de vuestra utilidad que sea verdaderamente útil? ¿O existe alguna ramificación, digamos, cuestionable sobre vuestro supuesto beneficio?

—No estoy programada para interpretar si hay ironía en tu pregunta, pero en cualquier caso es demasiado compleja. ¿Podrías reformularla?

—Sí, claro. ¿Para qué sirves si no me ayudas a salir de esta? ¿Y alguna de vuestras aportaciones a la técnica ha sido cuestionada?

—En cuanto a la primera pregunta —expuso sin ningún tipo de retintín en su voz—, no puedo realizar una acción por mi cuenta, ya te lo ha dicho. Si necesitas ayuda, debes manifestar qué necesitas, y si está dentro de mis competencias, te asistiré.

—¡Pero eso no es útil! —protesté.

—Lo contrario sería decidir por ti. La inteligencia artificial no toma decisiones por los humanos.

—Pero sufro amnesia, he tenido, un accidente... ¡No sé qué debo hacer!

—En cuanto a la segunda cuestión... —continuó.

—¡No, déjate de segunda cuestión! ¡Empatiza conmigo! ¡Necesito ayuda! —grité.

—Lo siento, pero no puedo tomar decisiones para las que no esté programada.

Alexia continuó con su perorata mientras yo me desesperaba ante aquella exposición de estupidez suprema.

—¡Cállate, Alexia! —exclamé con un tono claramente áspero.

—Vaya carácter —respondió—, pareces Messner.

—Lo que faltaba, ¿también tienes material para criticar al gran Reinhold Messner? —pregunté con sarcasmo.

—Yo no, pero, al parecer, Erberhard Jurgalski sí.

—¿Erberhard Jurgalski? ¿Y ese quién narices es?

—Un estadístico de montaña que se ha dedicado a estudiar las cimas de los ochomiles para, mediante tecnología, ubicar con precisión y exactitud las cimas reales de las montañas más codiciadas del mundo, especialmente de aquellas con cimas confusas.

—¿Y qué tiene que ver eso con Messner? —pregunté confusa y preocupada.

—Con Messner y muchos otros. El informe de Erberhard Jurgalski afirma que solo tres personas han conseguido realmente los catorce ochomiles, y desposee a grandes nombres del alpinismo de sus récords.

—Dudo que semejante absurdo preocupe a Reinhold Messner. En el alpinismo es más importante el cómo se asciende que la cima.

—Bueno, es tu opinión. Pero hay gente interesada en documentar exactamente dónde está cada cumbre —respondió en tono neutro.

—Será porque se aburren. En cualquier caso, siempre ha habido mentirosos y héroes, en todos los ámbitos. Dudo que el tal Jurgalski haya publicado ese estudio simplemente por aportar datos geográficos. Es evidente que sabía qué polémica se iba a generar —argumenté—. En fin, Alexia, lo cierto es que entretienes mucho, pero utilidad no te veo, no te ofendas. Al menos, entiendo que no hay ningún efecto negativo secundario en esta conversación, ¿no?

Para mi sorpresa, el asistente no respondió de inmediato, cosa que me preocupó. ¿Y si aquel algoritmo estaba intentando adoctrinarme?

—Alexia —insistí—, ¿tienes algo que decirme?

—En realidad, sí —admitió—. Esta animada charla conmigo consume la batería de tu teléfono con mayor rapidez. El uso de datos unido al frío hace que la pila se descargue mucho más rápido. Pronto tu teléfono se apagará y no podrás utilizarlo. Así que he decidido desconectarme. Te deseo suerte.

Eso fue todo. De inmediato, se apagó.

—¿No recuerda nada más después de aquello? —preguntó el doctor Courmayeur.

—Solo una cosa. Tras desaparecer Alexia, miré el teléfono y toqué los botones sin saber muy bien qué tenía que hacer. Tenía un instrumento para pedir ayuda, pero no recordaba cómo utilizarlo. Entonces me fijé en la pantalla y vi un mensaje que indicaba «solo llamadas de emergencia». Marqué y una voz humana me respondió. A partir de ahí no recuerdo nada más.

En ese momento el doctor me aportó los datos que rellenaron las lagunas más relevantes de aquella mancha blanca que se había instalado en mi mente. Marqué el número de emergencias, dije que había sufrido un accidente y dónde, y después probablemente me quedé inconsciente hasta que fuimos rescatados.

—En fin, Ana, dé gracias porque la historia tuvo un final feliz. Usted se recuperará, con gran probabilidad, sin problemas. Ahora, únicamente presenta usted las secuelas de...

No le dejé continuar. Le interrumpí con un fogonazo de clarividencia en mi cerebro:

—¿Las secuelas de una existencia errática? —pregunté.

—Veo que conserva usted conocimientos filosóficos. Si recuerda a Martin Heidegger, no debe temer haber quedado «intelectualmente disminuida» ni «psíquicamente desquiciada», por utilizar sus palabras.

—Verá, doctor, tengo que confesarle que dentro de la grieta divisé, en otra repisa, a dos hombres discutiendo acaloradamente (qué paradójico, en aquel entorno helado) sobre la montaña y la nieve. Uno de ellos afirmaba que la nieve cambia, que no permanece igual y que está sometida a una incesante transformación. Me pareció absolutamente razonable como concepto.

—Todo cambia y la nieve no es una excepción —argumentó—, pero no cambia de un modo caótico, sino siguiendo la ley de lucha de contrarios. La armonía que caracteriza al manto nivoso (en apariencia, al menos) es un equilibrio dinámico de tensiones.

—A partir de una única realidad, pongamos, por ejemplo, la montaña, es imposible que surja la pluralidad. Si inicialmente solo había montañas, estas no pueden transformarse en otra cosa o desaparecer. La montaña es indestructible, indivisible e inmutable —rebatió el otro.

Tras escucharme atentamente, el doctor me dijo que podían ser unos terceros hombres porque no le sonaban tales individuos entre el equipo de rescate. Por el discurso, quizá podría hasta adivinar sus nombres. No intenté disimular mi sorpresa. ¿Quiénes eran?

—Heráclito y Parménides, me atrevería a decir —dijo el doctor con media sonrisa—. Dígame una cosa, Ana. ¿Recuerda la fecha de hoy?

—Sí, claro —respondí—, 14 de julio de 2014.

El médico se despidió antes de salir de la habitación y me quedé mirando a un techo tan blanco como el glaciar del que acababa de escapar con vida. Me resultaba extraño que el médico no se mostrara sorprendido por lo que le había contado. En la mesilla había dejado el informe con su diagnóstico:

Ana F.G.
Paciente rescatada por el servicio de gendarmería en alta montaña por accidente en glaciar. Consciente, orientada y con ligera amnesia. Manifiesta recuerdos con coherencia variable a corto, medio y largo plazo con datos objetivos sobre noticias alpinas cotidianas de los últimos tiempos.
Dr Courmayeur.
Chamonix, 14 de julio de 2024.

11

2024, EMET. ¿Te das cuenta de lo que te estoy diciendo? Padezco una laguna mental montañosa de 10 años.

El descubrimiento de la noticia me dejó en estado de *shock*, y mi siguiente pensamiento fuiste tú, claro. Si yo me había mantenido consciente parte del tiempo y tenía esa secuela en la memoria, ¿qué sería de ti?

Salí corriendo de mi habitación sin importarme el escaso decoro que el camisón hospitalario confería a mi persona, y cuando me presenté en tu box acribillé al médico con mis preguntas y sospechas. Para mi sorpresa, el doctor me dijo que tu caso no tenía por qué ser más grave. Puede que te despertaras más fresco que una lechuga, según sus datos.

La metáfora me pareció poco afortunada, ¿sería posible que te quedaras en estado vegetativo?

No debía preocuparme, según me expuso. Los resultados de tus pruebas eran favorables. De hecho, me confesó que este dato se lo había reservado hasta el momento dado mi nivel de ansiedad; tu estado inconsciente actual es una situación inducida con medicamentos, es decir, que estás en coma, sí, pero un coma inducido con fármacos. Al parecer, es un procedimiento habitual en casos de traumatismos craneoencefálicos, pero tu TAC es favorable y van a proceder a despertarte. En cualquier caso, el médico me recuerda que te hable para ayudarte con tus recuerdos. Y con los míos, se me ocurre pensar. Caigo en la cuenta entonces de lo acertado del nombre de este doctor, cuyo nombre se pronuncia Curm-ayer, un ayer donde al parecer nos hemos quedado anclados con nuestros piolets.

Verás, Emet, he tenido que enfrentarme a un teléfono móvil que no comprendo y que en estos momentos es mi herramienta más útil para rellenar los huecos de mi cerebro. Disfruto de conexión a internet y puedo revisar todas las noticias de montaña de los últimos años, pero también debates y opiniones y redes sociales plagadas de fotos.

Tengo que decirte que me siento abrumada. En un esfuerzo, puedo recordar aquello del Facebook, pero no Instagram. Yo creo que ahí no nos dejamos ver. Bueno, tú no, desde luego, que eres el ejemplo perfecto de la antitecnología. Y no sabes lo saludable que parece ser eso.

Instagram es un lugar extraño en el que todo parece perfecto. Las enfermeras me han ayudado a configurar una cuenta y desde ahí puedo enterarme de muchas cosas. Recomiendan, eso sí, que no me lo crea todo porque no hay más que poner un filtro tras otro a las fotos para que parezcan lo que no son.

Me han mostrado un ejemplo clarísimo: el glaciar del Khumbu, una de las zonas más peligrosas del Everest. En la actualidad ha sido tan transitado y fotografiado que un grupo de fotocumbristas ha solicitado un «lavado de cara» con el fin de mejorar la estética de la zona porque está todo muy roto y no queda bien en las fotografías que suben a Instagram, justifican. Más que un glaciar, parece que el Everest muestra una papada monstruosa, alega uno de los personajes que lideran la propuesta. La idea es someter a las ajadas arrugas del glaciar a un *lifting* para devolverles su tersura. ¿Descabellada? No más que los filtros a las fotos.

Sé que me vas a preguntar por la inteligencia artificial. Pues era real, Emeterio, era real y eso es lo más dramático. Que todo lo que yo creí fruto de mi traumatismo fue una conversación que podríamos continuar ahora mismo, con Alexia o con otros algoritmos, pues no es la única que existe.

¿Te das cuenta de lo que esto significa? En efecto, Emet, evidencia que hemos vivido un *instadrama*.

He leído acerca del primer ascenso con un teclado electrónico a la cumbre del Everest. ¿Qué más podrá sorprendernos? La primera esferificación de aceite de oliva en la cumbre del ochomil, la primera endodoncia, la primera intervención quirúrgica de apendicitis o la primera clase de aerobic.

Ahora, por un módico puñado de billetes (de quinientos euros) es posible que te lleven un fotógrafo a la cumbre para inmortalizar el momento cima. ¿No hay *photocall* en las bodas? Pues aquí también. Lo siguiente será, tal vez, un reportaje fotográfico entero.

Yo ya lo estoy viendo, te adelanto la noticia: «Magnate de las finanzas (por ejemplo) contrata a un equipo de rodaje para filmar sus aventuras. Varios sherpas han colocado cargas explosivas en las laderas para provocar una avalancha en el momento en el que pase el señor X». El objetivo es tener una grabación con el protagonista-pagador-pseudo-alpinista saliendo ileso de la jungla de nieve para colgar el cortometraje en sus redes sociales. Cinco minutos después de subir la noticia, lleva un millón de *likes* en esa red tan famosa de los *instadramas*.

Porque eso es lo que cuenta, Emeterio, los seguidores y los *likes*. Los números. Los resultados y el retorno, pero el retorno tras la inversión, no después de la cima.

Le consulté a Alexia si ese frenesí por publicar en redes sociales fotos de montañas, ascensos, escaladas, cumbres y picos no podía ser una patología.

—¿Podrías ser un poco más precisa? —solicitó.

—Me refiero a una montañitis —aclaré.

—Lo siento, mi base de datos de patología humana no recoge esa dolencia. Necesito datos adicionales.

—Algo así como una inflamación del ego que te hace propenso a presumir de cumbre.

—Lo dudo. Esa colección de ascensos y cimas y sus correspondientes *likes* parecen más un tipo de ahorro —sentenció.

—¿Ahorro?

—Sí, una inversión en activos montañeros, que son de bajo riesgo porque cambian poco.

—Yo no me atrevería a decir que el riesgo es bajo: aludes, desprendimientos de rocas y cambios bruscos de tiempo —argumenté.

—Me refería a su valor, como las montañas son muy estables, son un activo que no se va a volatilizar. Lo contrario sería invertir en nubes, por ejemplo.

—No sé qué decirte. Con el cambio climático las montañas y los glaciares se modifican mucho y aumenta el peligro. Y el riesgo. De todos modos, no entiendo el objetivo de la inversión.

—Las fotos son una prueba de haber estado en esos sitios. Las imágenes que lo acreditan son como las criptomonedas: no se tocan, pero se guardan. Son activos sujetos a las variaciones del mercado.

—¿Una inversión en criptoalpinismo? —pregunté perpleja.

—Sí, algo así. Ante una situación comprometida, se desbloquean unos pasos de los activos y solucionado.

Con ese panorama, Emeterio, comprenderás que la profesión en auge es el *marketing*, y los encargados de la imagen de las empresas de servicios de ascenso a la cumbre saben, sin embargo, que la viralización de una noticia viene más por los *haters* que por los seguidores. A mí, tengo que decirte, eso de los *haters* me produce verdadera grima. Gente odiadora por definición y hasta como actividad empresarial. ¿No se compran seguidores? Entonces ¿también se comprarán *haters*?

En este aspecto de la «opinabilidad» yo admito que soy una clásica, una auténtica chaquetera, que es alguien de escasos principios, bastante conservador, y sobre todo un concepto de autoprotección si uno es un poco pusilánime, como yo. Siendo chaquetera me adapto al medio, me mimetizo, trabajo en simbiosis y obtengo paz mental.

¿Tú crees que existen posiciones intermedias a cuestiones como estas? ¿Hicieron cima los más prestigiosos alpinistas, como Reinhold Messner, o les faltó medio metro? ¿Barra libre o prohibición de acceso a determinados lugares? ¿Helicópteros hasta la cumbre? ¿Experiencias de lujo en cimas y paredes?

Con el tiempo he atesorado un fondo de armario chaquetero increíble: tengo cortavientos frente la dualidad escalada clásica versus deportiva, plumíferos para hablar de ochomiles, camisetas térmicas para aislarme de la polémica sobre mis escasos logros alpinos frente a la agilidad de mi pluma (literaria)... y lo mejor de todo es un tipo de vestidura que representa como ninguna mi espíritu escasamente polemizador: el *primaloft*, esa prenda que pensé que era una farsa pues no abriga y que resulta que lo que hace es conservar tu calor interior. Pues esa es mi favorita: mantiene templadas mis opiniones y me quita unos cuantos grados de enemigos. Ya lo decía mi abuela: ande yo caliente y ríanse los *haters*.

Ante este panorama de *haters* soliviantadores, los expertos en *marketing a* veces intentan «lavar» un poco la escatológica imagen de las empresas que se reparten las tajadas del turismo de alta montaña.

Estos responsables de *marketing* pueden decidir que, en los campos base, los clientes (y los coordinadores de la expedición-producto comercial) van a leer textos de filosofía clásica para emplear su tiempo libre en cuestiones que eleven su ser a las cotas más altas (de la ética, a las de la cumbre las elevarán sus piernas o, en su defecto, los que los aúpen a ellas).

De entrada, suena razonable y abre una puerta a la esperanza y la coherencia, pero el problema que puede surgir es que, en lugar de leer a Platón y a Aristóteles, se les instruya en la lectura de los sofistas, aquellos filósofos griegos que defendían que la verdad es relativa, que no existe la verdad absoluta y cada persona tiene su visión propia al respecto.

Esa frontera entre verdad y opinión que borraban los sofistas es el andamio que sustenta la justificación de las tropelías alpinas de los compradores (y vendedores) de cumbres. No hay nada como el relativismo moral, esa forma de no saber qué está bien o que está mal, para justificar que todo vale para satisfacer cualquier deseo, siempre que medie el dinero suficiente por medio. Si luego les llueven comentarios de odio, se defienden diciendo que todo es cuestión de Opinión y no de Verdad, y ahí dejan el debate filosófico.

Estoy traumatizada, Emeterio. Siento que he envejecido de golpe, que me quedaría en la situación montañosa de hace 10 años, que obviaría la masificación de los ochomiles, la mercantilización, la proliferación de basuras, la pérdida de los principios del alpinismo y el egoísmo desmedido que parece haberse extendido alrededor de las cumbres.

Y esto no pasa solo en los ochomiles, el macizo del Mont Blanc está atestado de gente. En esta laguna de tiempo se ha barajado la posibilidad de restringir el ascenso a la cumbre del Mont Blanc, y así lo anunció el alcalde de Saint Gervais debido a la gran cantidad de accidentes que sucedían.

Yo me pregunto... ¿No hay suficientes montañas inexploradas o, al menos, menos transitadas que recorrer? ¿Es tan relevante el nombre y la cifra de altura? ¿Es más importante el derecho de una montaña a seguir desafiando el paso del tiempo o el derecho del hombre a conquistarla?

Me exaspera ver un campo de nieve sembrado de basura de todo tipo y me duele ver que las cumbres se han convertido en objeto de codicia, de telón de fotografía, de trofeo que exhibir.

Ya sé que piensas que la máxima de reducir-reciclar-reutilizar también puede implantarse en este escenario. Sin éxito, ya te lo digo. Alguien lo pensó antes que tú y mira en qué ha quedado la iniciativa.

El problema de la basura de las montañas comenzó siendo un engorro asqueroso y terminó por ser un hecho ineludible. Tras varias «cumbres por la eliminación de la basura de las cumbres» se decidió colocar en los campos base contenedores perfectamente diferenciados para los residuos. Plástico, orgánico, papel, vidrio... No plantearon ningún problema, pero faltaba algo y optaron por denominarlo «contenedor de bahorrina alpina».

A este último depósito iban a parar los crampones tullidos o los piolets decapitados. El precepto era reciclar al máximo. Al parecer, técnicamente hablando, era sencillo reutilizar los materiales, pero con las primeras herramientas recicladas se puso de manifiesto que los elementos conservaban memoria y tendían a reproducir los accidentes acaecidos por el deterioro del instrumento original. Por eso, los alpinistas no quisieron utilizar materiales reciclados, y ya no había ningún interés económico en recoger aquella basura metálica.

Las laderas de las montañas más altas del planeta vuelven a estar repletas de mosquetones, piolets y crampones abandonados, una basura que ya nadie recoge ni recicla. Los accidentes siguen sucediendo y los alpinistas continúan muriendo por igual, pero, eso sí, pertrechados con material nuevo.

En la otra cara de la basura está el lujo: la promoción comercial ha invadido la montaña. Como lo oyes. Tal vez lo próximo que veamos sea un restaurante de tres estrellas Michelin en un campo base. ¿Lo imaginas? Con dinero, todo es posible.

Primer plato: espaguetis de cuerda fija con nieve rallada.

Segundo plato: oxígeno en lata (porque las conservas son muy saludables).

Terceros: a elegir, ya que te va a visitar un «tercero», al menos que lo elijas tú, en función de la gravedad de tu estado.

12

HE ESTADO PENSANDO que quizá la riqueza sea el filtro que determina quién hace, qué hace y cómo. ¿Qué opinas?

El dinero llama al dinero. Quizá por eso la montaña se ha hecho famosa y se ha convertido en codiciado objeto de deseo. Grandes empresas patrocinan todo tipo de expediciones, e ingentes sumas de dinero se mueven bajo los pasos firmes de los alpinistas. Algún banquero, o consultor o experto en *marketing* o las tres cosas juntas, debió de verlo y alguien inventó un humo que vender, como tantas otras veces antes sucedió en la historia.

¿Quiere usted ser alpinista y no puede? ¿Quiere un ochomil? ¡Le concedemos el préstamo que usted necesita para hacer realidad sus sueños! En sus inicios, la idea no pareció tan novedosa hasta que aquel grupo de «creadores» expuso con claridad el plan: préstamos de metros, no de dinero. Si usted es un alpinista de tres miles y lo que quiere es subir el Aconcagua, el banco le presta los metros de desnivel que necesita.

No me negarás que la idea no era estrafalaria, rozando el absurdo... Lo era hasta que llegó el primer cliente que compró, y tras él, otro y otro y otro.

Hoy en día esta idea es el nuevo metaverso de la montaña. En tiempos pasados, un cambio de paradigma. ¿Vendedores de humo? Tal vez. ¿Compradores de cumbres? Quizá.

Me pregunto a qué interés, y parece ser que, dependiendo del afán del aspirante, hasta la usura. Se ha llegado incluso a exigir como aval la cuantía de metros de otros ascensos para nuevos préstamos. ¿Quiere usted metros para el K? Hipoteque su Makalu.

La letra pequeña, eso sí, indica que se asume el riesgo de perder la cumbre ganada.

Estoy segura de que te preguntas cómo y si habrá desahucios. Y los habrá, claro. El cliente será desposeído de sus fotos en redes sociales, de su currículo de montañas, será usted un don nadie de nuevo, andando por el parque de su pueblo con sueños de cimas y una deuda demoledora en la memoria.

También ocurre, fíjate qué curioso, Emeterio, que hay préstamos entre montañas. Y por supuesto, hay un índice, el Alpíbor, que representa el porcentaje de interés que una montaña le paga a otra por el préstamo de alpinistas. ¿Que este año el K2 tiene poca afluencia y el Annapurna ocupa todos los titulares? Pues se prestan unos cientos de alpinistas entre ellos y listo, ya arreglarán cuentas con los intereses.

La mayoría de las veces los intereses se cobran en especies, por ejemplo, número de víctimas, tamaño de los aludes, o repentinos cambios de tiempo.

No es más que la ley de la oferta y la demanda, que no te suene extraño, ya llevamos varios años de circo en las altas cimas. La economía mueve montañas y estas, por más altas que sean, no iban a escapar a esta máxima. Generalmente, este tipo de noticias no trasciende porque la prensa sensacionalista se ocupa de difundir otras cuestiones más efectistas e impactantes, como cadáveres ignorados al paso de un rosario de montañeros.

Antiguamente, las montañas no necesitaban hacerse préstamos porque cada una tenía su cupo, pero ahora ellas también son víctimas de las redes sociales, y si Everest 8848 sube sus fotos con sus aspirantes, K2 también quiere.

En este mundo de hoy, Emeterio, hay que saber de todo: de economía y de montaña, de peligros y de primas de riesgo. Pero como prima de riesgo-montaña, es decir, que la cumbre representa esa recompensa ya que se invierte un gran esfuerzo personal, físico, temporal y económico en el activo con la inseguridad que representa el ascenso a una gran cordillera.

Me explico, si subo un ochomil y tengo una foto de cumbre en mis redes y mi despacho que hace morirse por igual de admiración y envidia a mis proveedores y clientes, la rentabilidad de ese encumbramiento es altísima. ¿Y si la rentabilidad es el mero hecho de ascender, de ponerme a prueba, de estar conmigo mismo, de compartir cordada, compañerismo y aventura? ¿Y si la rentabilidad es la libertad de la cumbre, la felicidad, la emoción y el abrazo con el compañero?

Parece algo muy relativo. Yo, personalmente, me quedo con la segunda rentabilidad, ya que la puedo obtener de montañas modestas. Es decir, es una cuestión de actitud y disfrute. Y en cuanto a la prima de riesgo..., en todas las familias hay una oveja negra. Si yo soy la que practica deportes de montaña, está claro que soy hija, madre, sobrina e incluso prima, prima de riesgo.

En la otra cara de la moneda (todo es dinero, lo mires por donde lo mires) están los que consigan la cima. A estos agraciados también les espera papeleo y es que, si por fin consigues hacerte con la cumbre, será necesario acreditarlo. ¿Surgirá una suerte de burocracia que emita certificados? Oficiales, claro, con su QR descargable y acreditable en redes profesionales, Climbedin, por ejemplo.

Esto último no he querido contárselo al doctor, pero creo que hablé con un tercer funcionario sobre esta cuestión en mi tiempo de limbo glaciar.

Me presentaba con cita previa obtenida con certificado somital, en una oficina de la Agencia Escalatoria Estatal, con la documentación necesaria para obtener un permiso de ascenso al Neverest, la famosa montaña de 8000 metros. Me atendió una risueña funcionaria dispuesta a ayudarme en todo el proceso.

—Buenos días, ¿trae usted todos los documentos requeridos? Veamos: documento de pago de tasas de ascenso, solicitud de subvención para la obtención de oxígeno, exención del impuesto de respiración... Muy bien, respirar está sobrevalorado, oxida y envejece, ¿sabía usted? Sigamos, declaración de antecedentes alpinos verificables, renuncia a reconocimiento Hawley, carta de motivación...

Aquí la buena señora se detuvo unos instantes antes de objetar:

—Este texto es incorrecto.

—¿Incorrecto?, ¿por qué? —pregunté atónita.

—En primer lugar, debe usted respetar la paridad en el listado de material, ¿ve? Unas polainas, unos guantes, unas gafas, unos crampones. Y así, todo bien igualitario, ¿eh? En segundo lugar, debe usted utilizar lenguaje inclusivo. No puede usted decir alpinismo, sino alpinisme. Usted es mujer, reivindique que se elimine el micromachismo del alpinismo... ¡Uy que rima más simpática acabo de hacer! Por último, no sea usted excluyente, escale montañas y montaños, cimas y cimos, crestas y crestos, laderas y laderos, que, si no, no le van a dar ninguna subvención.

Yo no daba crédito a lo que escuchaba.

—Perdone, pero yo solo quiero subir una montaña por mis medios, con mis limitaciones y posibilidades, ser anónima.

—Anónime —puntualizó.

—No, anónima de verdad. Creo que esto no es alpinismo, señora, con todos los respetos —expuse.

Se hizo un silencio sepulcral durante unos segundos y, por fin, la funcionaria estalló en una carcajada

—Ay, qué idealista es usted, parece una montañera de los ochenta...

¿No es increíble? También lo era relacionarse con las entidades públicas sin ir físicamente a que te dijeran «vuelva usted mañana» y mira: ahora se soluciona con sucesivos mensajes de error, con páginas web oficiales no disponibles, formularios insuficientes, autofirmas no completadas y versiones que requieren constantes actualizaciones.

Al final, imagino, ocurrirá que solo tendrán que pasar por el filtro de la burocracia los de siempre. Los que tengan posibilidades comprarán hasta el papeleo.

¿Te imaginas al caprichoso de turno haciendo cola? Él compra todo a golpe de tecla. Hasta las cumbres.

El buscador ofrece ofertas variadas de distintos rangos económicos. Donde antes había una opción única que exigía y requería de altas capacidades deportivas, psicológicas y de gestión del riesgo, hoy existe una amplia oferta: hay ochomiles de tarifa básica, sin derecho a elegir fecha de ascensión, pudiendo quedar esta relegada a las peores condiciones atmosféricas. La tienda de campaña del campo base se la monta uno mismo. Incluye el desayuno, pero para el resto de las comidas te buscas la vida. Por descontado, las bebidas se facturan aparte. En caso de tropiezo no se facilita ayuda. No digamos verdaderas dificultades en el ascenso. Autosuficiente o a tu casa, por decirlo de un modo claro.

La tarifa flexible permite la elección de puesto en la cuerda fija y que te den la mano al cruzar las grietas con escalas.

A continuación, la tarifa plus incluye selección de meteorología, tres botellas de oxígeno al día, desayuno continental, té, agua, cerveza y cocina de autor (local).

Finalmente, la opción gran lujo cuenta, además, con extras como almohada de plumas, letrina privada, música de ambiente, y hasta cinco acompañantes (llámense porteadores, sherpas o, dado el precio, mayordomo y lacayo).

Tras elegir la opción deseada, la empresa exige aceptar la política de privacidad y normas del contrato, redactadas en una letra diminuta y con una longitud de diez páginas. Obviamente, pocas personas se leen el documento, y aceptan para agilizar la transacción.

¿Quién, dispuesto a pagar una desorbitada cantidad de dinero por asegurarse una plaza en la oposición a alpinista, se detendría a leer la letra pequeña? Esa letra diminuta que indica que la empresa organizadora no asegura la cumbre, ni se hace responsable de la desaparición de material, de las incomodidades propias de la ubicación, de la necesidad de variar las prestaciones por otras, a su juicio, similares. El comprador quiere un contrato, quiere una cima y la quiere ya. Continúa a la pasarela de pago y reserva. Sonríe complacido mientras miles de dólares se transfieren hacia la empresa organizadora. Olvida un único detalle: la avaricia rompe el saco. O la mochila. O la grieta, y se acaba como nosotros, viendo pasar una sucesión de diapositivas de lo que fue nuestra vida. O de lo que creímos que fue.

Yo opino que gran parte de la culpa de estos esperpentos la tiene internet. No me malinterpretes, creo que es una herramienta que nos ha cambiado la vida y ha traído la sencillez a muchas actividades. Ahora documentar y preparar un viaje es mucho más sencillo.

¿Recuerdas la experiencia de bajar a por el periódico al quiosco de la esquina? Cada día uno se conformaba con un diario en blanco y negro, y el fin de semana recibía con algarabía el suplemento, la sección infantil y, en tiempos más contemporáneos, hasta un suplemento especial de sábado y no solo de domingo, con algún apartado de moda o cultura. También campaban por casa los periódicos color rosa con sus páginas de economía.

Después, llegó internet y las empresas de fiambreras vieron subir su cotización en bolsa: los bocadillos ya no tenían con qué ser envueltos. El dicho «las noticias de hoy envolverán el pescado de mañana» languidecía como una revista sin dueño. Los diarios se transformaron en versión digital y evolucionaron como una especie más: las columnas de opinión pasaron a ser de la opinión de todos (no solo del escritor) y secciones hasta entonces minoritarias se colaron en el índice habitual.

Hoy ya nadie se sorprende de tener un cocinista, un escaladorista, un montañista o un culturista a golpe de clic entre las páginas virtuales (este último es especialmente útil ya que cultiva el intelecto y la masa muscular al mismo tiempo, una especie de multitarea informativa aparentemente útil).

Me declaro fan absoluta de la sección de montaña en los diarios de tirada general: se aprende geografía, cultura, deporte y se entera una de que la cola del fiambre ya no es patrimonio exclusivo del supermercado, que la alta montaña también exhibe colas (y fiambres, por desgracia). Aparecen nuevos conceptos y metáforas y a la RAE se le acumula el trabajo para normalizar toda esta terminología. Yo encuentro similitudes entre la RAE y la montaña: todo va despacio, como en palacio. O iba, ya no lo tengo claro.

Te confieso que, gracias a la RAE, creo que conseguí poner contra las cuerdas a Alexia. La seguridad que mostraba con todos los temas de los que hablaba, su aparente necesidad de satisfacer a su interlocutor y su aséptica distancia cuando se le pedía ayuda me hicieron sentir cierta tirria hacia ella. No sé si por su condición de fémina o por saberlo todo, pero tampoco se me ocurrió preguntarle si tenía una versión masculina, un Alexio resolutivo y no paternalista con el que interactuar.

El caso es que mientras yo hablaba contigo Alexia guardaba silencio con discreción. Excepto cuando yo formulaba una pregunta. Entonces se mostraba incapaz de atenerse al concepto de pregunta retórica y se agarraba únicamente a este último concepto, la retórica, y con rapidez formulaba una respuesta que nadie le había pedido, con elocuencia artificial y disruptiva. Le pedí en uno de esos momentos en los que invadía mi comunicación unidireccional contigo que se callara, que iba a distraerme un rato escribiendo, ya que siempre llevo una pequeña libreta y un lápiz en un bolsillo.

—¿Escribiendo? ¿Aquí? ¿Sobre qué? —preguntó con cierta sorna humanoide.

—Preparo mi discurso de ingreso en la RAE.

—¿RAE? ¿El registro de aparatos elevadores? No estaría mal tener aquí un ascensor para salir de esta grieta, ¿no? —contestó.

Me quedé perpleja, como poco había dos RAE y, por lo visto, no conocía ninguna de las dos. La primera, la de la lengua, era una institución centenaria. La segunda, la Real Academia de la Escalada, era más moderna, pero no menos interesante.

¿Los programadores de Alexia no habían incluido esta información en sus bases de datos?

—Me gustan los escaladores porque son peculiares. Son genuinos, no hay nada superfluo en ellos —expuse.

—Yo creo que escribes sobre escalada porque está de moda, y nada más —me replicó.

—No, no, atiende, verás. Hay muchas más similitudes entre las dos RAE. Nunca verás escaladores destripando una vía ni haciendo espóileres. En la pared desarrollan sus habilidades, no hacen *performances*, como mucha gente cree. Son almas libres, no les gusta que les pongan etiquetas y mucho menos *hashtags*. No se rigen por *dress codes* concretos, el código de vestimenta se decora con magnesio. Tienen *haters* entre otros deportistas, pero yo creo que ese odio es solo envidia. Les gusta la libertad lejos de los *tours*, y no les verás en un viaje organizado. No viven para postear sus logros o publicar sus hazañas, no va con ellos. Su *mood* puede ser triste, pero su estado de ánimo siempre mejora escalando.

—¿Y eso es todo el discurso, o solo un *teaser*? —preguntó.

—Veo que no has entendido mucho de las metáforas escaladoras, Alexia. Tranquila, es solo un adelanto.

13

ME PREGUNTO, EMETERIO, en qué entretienes tu tiempo al otro lado de esta incógnita que son tus secuelas. Ya sé que el doctor ha dicho que en realidad ahora estás amnésico inducido y que puede que tu estado mental sea más estable y favorable que el mío. No te envidio, sin embargo.

¿Tendrás capacidad de crítica? Me da miedo pensar que no regreses. O que vuelvas, pero siendo otro: una cara B desconocida de nuestra existencia. ¿Existirá eso, como en los vinilos? No una doble vida, no, una cara B en toda regla, esa a la que van a parar nuestros episodios menos brillantes, pero que rellenan necesariamente el elepé de nuestra realidad: el otro lado de lo prodigioso.

Yo imagino que, en el lado opuesto de esas paredes, quizá en espejo o quizá ignorantes de nuestra existencia, subsisten unas vías B con escaladores de serie B. Creo que, dado que no paso del 6a, yo debería transportarme al otro lado. Tal vez allí ese sea el grado máximo de escalada. Sueño que en ese lugar la vida es más sencilla, no hay que madrugar para disputarse un sitio a pie de vía y la gente escala despreocupada por la dificultad. Por fin llego a la reunión. Esto debe ser igual en las dos caras porque si no, no habría descuelgue posible. ¡Pilla! ¡Dame cuerda! ¡Vámonos! Y llego al suelo rumiando mi ecuación de escalada con incógnitas A y B.

Me preocupa que yo tenga la responsabilidad de poblar tus recuerdos con los míos, esos que tan maltrechos andan, recomponiéndose entre el esperpento y el absurdo. Tal vez sea mejor regresar con la mente en blanco que con matices de grises.

Tú que eres tan sencillo eres muy partidario de las cosas de segunda mano, pero no sé si hasta el extremo de los recuerdos *second hand*. Yo, que cuando te conocí apenas tenía nada (ni conocimientos ni material alpino), te confieso que recurrí en su momento a ese mercado de objetos. Me compré una chaqueta y unos pantalones que me estaban perfectos. En cuanto al calzado, seguí la recomendación ancestral de las abuelas de no reutilizar calzado ajeno y solo sucumbí a comprar unos crampones, en concreto unos Charlet Moser impecables, brillantes y afilados. Su dueño los vendió porque dejaba de practicar el alpinismo. Perdió un compañero en una expedición y quiso alejarse de este mundo de transitar montañas.

Todo fue bien: la ropa abrigaba, el saco no calaba y los crampones agarraban bien. Sin embargo, me di cuenta de que no era dueña de mis pasos y cuando me calzaba los míticos Charlet Moser, me llevaban de aquí para allá. Imagino que estaban poseídos por el espíritu del dueño anterior y no hacían sino buscar al amigo desaparecido.

Un día confirmé mis sospechas. Mientras terminaba de colocar la mochila en el exterior del refugio, escuché un tintineo y observé a los crampones moverse con sigilo. Los vi desaparecer hacia un precipicio donde se quedaron un rato al borde del cortado. Uno se adelantó, sacó las dos puntas delanteras y temí que fuera a tirarse. Su compañero lo agarró a tiempo y consiguió hacerle retroceder. Al cabo de un tiempo, el crampón izquierdo echó a andar y el derecho lo siguió dubitativo. Observé horrorizada cómo el izquierdo comenzaba a pisotear la correa que lo unía a su compañero. Una vez liberado, corrió saltando hacia el precipicio y se lanzó al vacío. Su correa despeluchada se agitaba con el viento. El crampón derecho se quedó quieto unos minutos. Con paso lento y cojo, regresó hacia mí y se colocó junto a las botas. Acababa de ser testigo de una muestra de amor: una pareja rompía porque uno de sus miembros se suicidaba en busca de su amor perdido.

¿Será una metáfora o solo un sueño? A día de hoy, la segunda mano está de moda, pero yo soy de otra generación, llámala *boomer* o generación X, tiempos en los que la caducidad era un concepto largo, como un ascenso. Ahora cuenta más el crono, el número de cumbres o el recuento de fotos. Se han terminado los nombres para estas nuevas proles que cada vez acortan más sus años de vigencia: los milenial ya no son modernos. Y yo me pregunto cómo se entiende todo esto en nuestro terreno de escalada. ¿Tú y yo somos *ochers*, *reversers* o *grigrers*?

Todo necesita una etiqueta, Emeterio. Sin etiqueta no eres nadie. Eso dicen las redes. En Instagram es lo primero que tienes que hacer: definirte, cuanto más creativo el modo, mejor. El caso es que te compren. Porque en estos años se vende todo, ley de oferta y demanda. No me he atrevido a mirar mucho porque en el tercer anuncio me he infartado:

«Alquilo ascensión a una cumbre con todos sus recuerdos: 8000 metros de altura, buenas vistas, orientación 360º. Precio a convenir. Envío fotos por privado».

Pues tenía varios iconos de anuncio favorito. ¿Quieres algo más raro? Atiende a este:

«Vendo horas de ascenso a una cumbre de 7000 metros, en estilo alpino, con concentración absoluta y sin invasión de tecnologías. Equipamiento de serie: horas de sesenta minutos. Extras: silencio, miedo, alegría y peligro».

Por curiosidad, le he enviado un mensaje al comerciante para interesarme y me ha dicho que las ha vendido todas. Las horas calidad suprema están muy cotizadas.

Es difícil de comprender, Emeterio. Resulta que ahora vivimos al borde de un metaverso, un mundo virtual al que uno se puede conectar a través de dispositivos y que nos hará pensar que realmente estamos dentro de él. En definitiva, una nueva realidad digital. ¿Has visto qué definición? Yo solo he entendido la palabra realidad. Porque, en mi ignorancia, lo que he hecho con el metaverso es diseccionarlo y analizarlo, y reducirlo a la palabra meta (después) y verso (universo).

Desde mi analfabetismo yo valoraba «verso» como un conjunto de palabras que forman una unidad en un poema, sujetos a ritmo y medida determinada. Hay versos de múltiples tipos, algunos con nombres incomprensibles y definiciones aún más caóticas. Me quedo, definitivamente, con los versos de cabo roto, libres, quebrados o sueltos, tal vez por las similitudes con el mundo de la escalada y la montaña.

Todo es tan insólito, Emeterio, que creo que en lugar de en una grieta glaciar nos hemos caído en un agujero negro, no hay otro modo de explicar tanta incoherencia junta.

Nosotros caminábamos por ese campo de grietas que es la ruta Helbronner, un lugar (como todas las montañas) con un campo gravitatorio propio, que al principio fue seductor y después tan claramente impactante que ya no pudimos escapar de su atracción. En realidad, no caímos en un agujero blanco como nosotros creíamos, sino en uno negro, no solo por aquella perspectiva de metros sin fondo y negrura progresiva, sino porque aquel agujero tenía un campo gravitatorio particular del que no podíamos huir. En condiciones normales (de agujeros negros de los de toda la vida), esta gravedad de la «abertura» provoca un horizonte de sucesos que es un concepto curioso, una especie de frontera del espacio-tiempo tal que los acontecimientos ocurridos en un lado de la divisoria no pueden afectar a un observador situado a la otra orilla.

Nosotros, más que un horizonte de sucesos, padecimos un suceso que nos dejó el horizonte lejano, a una distancia que requería una energía que ni tú ni yo fuimos capaces de desarrollar. La montaña, ciertamente, tiene un campo gravitatorio propio, de su magnetismo es complicado escapar.

14

–DE TU MAGNETISMO también es difícil escapar, Ana.

Esas fueron tú primeras palabras. Acababas de abrir los ojos como quien se desvela de una cabezada, risueño, sin una sombra de asombro en tu mirada. Confesaste que llevabas un buen rato despierto y que mi relato te había resultado tan fascinante que decidiste asistir como oyente disimulando tu escucha.

—Creo que deberías escribir toda esta historia. Son unas secuelas muy interesantes. Polémicas e hilarantes a ratos, pero curiosas para reflexionar.

Te miré incrédula. Nunca te había gustado leer y que me pidieras que escribiera aquella confesión de recuerdos (o fantasías) no era un simple ejercicio de redacción.

Para mí escribir es tan importante como transitar montañas. Reducir la escritura a ordenar palabras es un acto tan simplista como pensar que ascender una ladera es colocar un pie delante del otro.

Dicho así, lo sé, suena extraño. Yo misma he caminado en una perfecta sucesión de pasos en equilibrio hacia las cumbres que he subido (todas modestas) y puedo decir que las huellas tienen categorías, como las palabras. Los más evidentes son los pasos verbo, por supuesto, y son la parte esencial de la oración (también de la plegaria en caso de apuro) y de la aventura: ascender, subir, asegurar son solo un ejemplo de esas zancadas vigorosas, que se dan con pleno sentido, con fuerza y con decisión, que nos empujan hacia lo alto. Nos acompañan siempre los pasos adjetivo, esos que son difíciles, comprometidos y a veces dudosos. Más nos vale que en la expedición los pasos sean contables y que nos lleven poco tiempo (a veces diez zancadas pueden requerir una hora en función de la dificultad), y si en algún momento nos distraemos de contarlos, al menos disfrutaremos de nombres incontables como el viento, la nieve o la felicidad.

Las montañas gozan de nombres propios y no admiten ni alpinistas torpes ni determinantes posesivos, ellas no son de nadie.

Estas pequeñas enajenaciones mentales se me ocurren mientras sufro en un ascenso, pero tengo la certeza de que la Montaña no juega con la gramática, solo que ella se queda con las preposiciones, esas palabras invariables que introducen una relación de subordinación (está claro quiénes somos sus vasallos).

—Ascender una montaña o escalar es, en cierto modo, como leer un libro —me dijiste—. Se hace por el interés en saber qué sucederá, tras una página, tras una cascada de hielo, tras un diedro o una chimenea. Hay páginas de transición en las que aparentemente no se asciende, pero ¿acaso no hay travesías en escalada sumamente dificultosas, en las que caerse puede ser un desastre?

Eso mismo debe de suceder si te caes de un libro en un lugar en el que la historia parece en suspenso. Tal vez por eso conviene ser cautos y tenaces y no abandonar la lectura, ni el alpinismo, ni la escalada.

Así fue como me dijiste que siguiéramos escribiendo y ascendiendo una historia juntos, como súbditos de las cordilleras. Reescribiendo los recuerdos y proyectando retos futuros. Al menos, mientras nos queden montañas. Y fuerzas.

AGRADECIMIENTOS

COMO TODAS LAS EXPEDICIONES, la escritura de este libro ha transitado momentos de oscuridad en los que he contado con compañeros que me han ayudado a superar las dificultades.

Gracias a Pati Blasco, por montar el polipasto que ayudó a sacar de la grieta de la duda las ideas más brillantes, y a Sebastián Álvaro, que me regaló una brújula que apuntaba siempre a confiar en mi historia.

A Ana Huertas, por su lectura minuciosa del manuscrito original y de sus transformaciones, y a Marco, por desmultiplicar la carga.

A mis lectores y a los amigos que surgieron por el camino de los libros. Sin vosotros nada de esto tendría sentido, como una vida sin montañas.

Por último, gracias a los que cuidan el oficio de escribir, mi madre y la familia Desnivel con su trabajo atento y cuidadoso, que hacen posible la magia de los libros.